Виктория Токарева

Дома стоят дольше, чем люди

Повести, рассказы и очерки

АЗБУКА

Санкт-Петербург

УДК 821.161.1-3Токарева
ББК 84(2Рос-Рус)6-44-я43
   Т51

Токарева В.

Т51 Дома стоят дольше, чем люди : Повести, рассказы и очерки. – СПб. : Азбука, Азбука-Аттикус, 2017. – 256 с.

ISBN 978-5-389-13568-0

«Иногда я думаю: что составляет мое счастье? Дети, профессия, дом… Трудно вычленить, что важнее. Иногда кажется,
на первом месте профессия. Я всю жизнь занималась тем,
что мне нравится.

Но дети – это мое продолжение. Они понесут в будущее
мой смех, мою трусость, мой разрез глаз. Как же без детей?
Хочется любить что-то живое и теплое, целовать в мордочку,
касаться губами».

В. Токарева

УДК 821.161.1-3Токарева
ББК 84(2Рос-Рус)6-44-я43

ISBN 978-5-389-13568-0

ВИКТОРИЯ ТОКАРЕВА

Сборники произведений
Виктории Токаревой
в издательстве «Азбука-Аттикус»

времена года
повесть

Ее звали Анна Андреевна, как Ахматову. В молодости она называлась Анюта, в зрелости Аннушка, а в третьем возрасте стала Анна Андреевна.

Анна Андреевна всегда выглядела моложе своих лет, что свойственно блондинкам. Очень долго, практически всегда, нравилась мужчинам — всем и всяким, без исключения, что тоже свойственно блондинкам.

Первый ее мальчик был курсант в морской форме. Мечта, а не мальчик. Звали Гелий. Редкое имя, даже не имя, а элемент таблицы Менделеева. Познакомились в поезде. Анюта возвращалась домой после летних каникул. Ей было пятнадцать лет. Это — начало. Дальше покатилось: шестнадцать, семнадцать, а в восемнадцать она уже вышла замуж. Не за Гелия. За Димку, студента медицинского института. Димка похож на испанца — красавец, но дурак.

Анюта довольно быстро распознала, что он дурак, но было поздно. Уже все завертелось: свадьба, загс, гости, — пригласили его родителей из Киева. Приехала пара: Роза и Лева. Роза — настоящая еврейская красавица сорока пяти лет. Зеленые глаза вполлица, нарядная, сверкающая, как новогодняя елка. При этом — умная. Сдержанная, что странно. При такой красоте она могла распоясаться и позволить себе все, что угодно. И все бы сошло. Но нет. Спокойная, воспитанная, как английская леди.

Анюта жила с мамой и сестрой. Папа умер от ран, полученных на войне. «Мы не от старости умрем, — от старых ран умрем». Мама без образования. Денег — никаких. А тут свадьба. Стол накрыт, на столе — винегрет и треска в томате. Всё.

Роза и Лева в расходах не участвовали. Они вообще жили в другом городе и приехали непосредственно на свадьбу.

Увидели гостей, стол. Нависла пауза. После молчания Лева произнес:

— Какое счастье, что мы не позвали с собой Гуревичей.

А Роза грустно заключила:

— Нет денег.

И это правда. Только любовь. Димка любил Анюту самозабвенно, до потери себя. А молодой жене все время что-то не нравилось. Впереди ее ждала совершенно другая жизнь, мощная карьера, движение вперед и ввысь, и вот эта другая жизнь подавала сигналы издалека, тянула в другую реальность.

Анюта и Димка разошлись в конце концов. Но не сразу. Прожили год. Съездили в Киев в гости к родителям, Леве и Розе.

Лева был маленького роста и некрасивый. Но пел как Утесов. Один в один. Он работал в комиссионном магазине, делал свой тихий бизнес. Внешний статус не имел значения. Главное — внутренняя жизнь семьи. А в семье — бескрайняя любовь и служение друг другу.

Ходили по гостям. Один из принимающих, его звали Зяма, угощал куриной шейкой. Анюте не понравилось: шейка, набитая мукой, пропитанная куриным жиром. Что за радость? Но шейка — еврейский деликатес.

Анюта обратила внимание: еврейская кухня берет свои истоки из нищеты. Форшмак — рубленая сельдь. Что может быть дешевле? Цимес — тушеная морковь. Нищета, доведенная до совершенства. Фаршированная рыба — сложнопостановочное блюдо, на него уходит не менее шести часов. Но результат… Но запах…

Запомнилась некая Рахиль. Ее муж сидел в тюрьме. Муж работал на овощной базе и с кем-то не поделился. И сел на пять лет. Рахиль стеснялась этого обстоятельства, жила при задернутых занавесках. Может быть, таким образом она пыталась разделить участь своего мужа. Так немцы в Берлине держали пост, когда армия Паулюса попала в Сталинградский котел. Солидарность.

Роза и Лева навещали Рахиль, возможно, поддерживали деньгами.

Анюта запомнила: они сидели тихо, за скудным столом, как заговорщики. Взаимоподдержка входит в религию. У евреев никто не бывает брошен на произвол судьбы.

Димка любил родителей страстно. А родители обожали своего сына и не понимали: что в нем может не нравиться? Красивый, преданный, что еще надо? Но Анюте он был не интересен. Скучный человек. Красивый, преданный и скучный, как равносторонний треугольник, у которого все стороны равны и углы тоже равны.

Они развелись. Это оказалось непросто. Души успели объединиться в одну, и раздирать общую душу на две части было больно. Анюта несколько раз падала в обморок. Это организм протестовал против развода, против разделения судеб. Но сигналы из будущего звали, даже требовали.

Если бы покорилась обстоятельствам, осталась с Димкой, что бы ее ждало? Красивые дети, Димкины измены, ее романы, умеренное благосостояние: каракулевая шуба, бриллиантовое кольцо, телефонные разборки с его любовницами.

Хорошо? Не плохо, но бессмысленно. Никакого движения вперед и ввысь. Болото. «Тепло и сыро», как говорил Горький.

Анюта мечтала стать актрисой, сниматься в кино. Зачем? Тиражировать свой светлый образ. Пусть все увидят и отреагируют. Мужчины восхитятся и возжелают, а женщины позавидуют и станут подражать.

В те годы все подражали Лолите Торрес. Стриглись как она, прическа называлась «венчик мира».

Прошло тридцать лет, Лолиту Торрес показали в ее новом облике — толстая бабища, ничего от нее не осталось. Но... Она все успела. Главное — вовремя вскочить в свой вагон. Не пропустить и не опоздать.

Сниматься в кино — это возможность заполучить аудиторию, охватить как можно больше народа.

Анюта протырилась на киностудию документальных фильмов и даже участвовала в кинопробе. Ей надо было изобразить подругу солдата-пограничника. Анюта изображала преданность изо всех сил, таращила и без того круглые глаза, но взяли не ее, а профессиональную актрису. Тем не менее режиссер этого опуса увязался проводить Анюту до дома.

В подъезде он был настроен целоваться. Старый протухший татарин с бледным, каким-то зеленым лицом, увядшими губами. Отврат. Но Анюта знала, что искусство требует жертв, и объявила: если режиссер возьмет ее сниматься, то она отдаст ему себя. Одноразово. Режиссер состроил благородную рожу, дескать, ну что вы, что вы, зачем такие дорогие подарки?

Отдаваться не пришлось, поскольку Анюту не утвердил худсовет. Взяли другую. И слава богу. Фильм про пограничников — это не «Возраст любви» с Лолитой Торрес. Никто бы и не заметил. А отдаваться пришлось бы, зажмурив глаза и зажав нос.

Следующий шаг: прослушивание в театральном институте.

Анюта пришла и стала читать монолог Шурочки из «Поединка» Куприна. Анюте очень нравилась эта героиня, которая шла на все ради достижения своей цели.

Анюта надела на голову шапку из рыси и не сняла ее во время прослушивания. Очень красивая шапка. Анюта была похожа в ней на шамана, только бубна не хватало.

Приемная комиссия отвергла Анюту. В комиссии было много женщин. Наверное, позавидовали шапке.

Так или иначе, пришлось поступать в медицинский институт. Там образовался какой-то блат, и Анюта прошла со скрипом.

Мама Анюты решила отблагодарить женщину, которая способствовала поступлению, и пригласила ее отобедать. Анюта почему-то запомнила: немолодая, предельно некрасивая тетка сидит за столом и ест торт наполеон, испеченный мамой. Тонкие коржи прослоены заварным кремом. Трудоемкий и очень вкусный торт. Коржи крошатся тетке на грудь.

Бедная мама. Как трудно ей было одной тянуть двух девочек. А с другой стороны — это и было наполнением ее жизни. Наполнением и смыслом.

Старшая сестра Ксения была откровенно некрасива, ленива и неповоротлива. Анюта забрала, вычерпала всю красоту рода на несколько поколений вперед. Ксения завидовала и страдала, но при этом любила сестру нежно и преданно. Такой человек Ксения. Умела совместить в душе прямо противоположные чувства: зависть и любовь.

Главная красота Анюты заключалась в параметрах: ничего лишнего. Изысканная линия шеи и спины, линия талии и бедра. Каждому, кто смотрел, хотелось положить руку на ее высокую шею, обнять изгиб талии. Анюта манила. При этом некрашеная блондинка. Она забирала волосы в узел — так удобнее. Но когда надо было, вытаскивала заколку, и тяжелый водопад волос падал на плечи.

Крашеные волосы имеют единый оттенок. Однородная масса. А некрашеные волосы многоцветны. Верхний слой — платина, далее в глубине — орех фундук. Волосы переливаются, в них хочется запустить руку. И запускали. Анюта реагировала по-разному: смотря кто запускал и какую цель преследовал.

На первом курсе в нее влюбились три студента и три преподавателя, в том числе молодой профессор. Профессор был вполне гениальный, но игрок. Проигрывал все деньги, как Достоевский. Однако за ним охотились и студентки, и преподавательский состав. Гениальность — серьезный козырь. Гениальность манит, как запах крови манит акул. Они все устремляются на этот сигнал и сжирают жертву, растаскивают на куски.

Профессора звали Юрий Вениаминович. Юра. У профессора была семья: папа, мама, жена и маленький сын. А также сестра, брат и куча племянников. Анюта стала его аспиранткой.

Анюта оказалась способной, хотя могла быть любой. Юрий смотрел на нее не отрываясь, а что она говорит — не все ли равно?

Менять свою жизнь Юрий не собирался, да ему бы и не дали, семья бы не выпустила, но это не значило, что он не мог влюбиться.

Юрий был молодой, в расцвете сил. Его порок, игромания, — большое неудобство для семьи. Сколько бы денег ни приходило в семейный бюджет, все проигрывалось. Или почти все. Но… Рулетка крутится, нервы сжимаются в кулак, кровь горит, адреналинчик хлещет — жизнь! При этом Юрий был гениальный кардиохирург. Спасал людей одного за другим, а разве это не искупает его пороки? Он проигрывает деньги, всего лишь бумагу, а выигрывает целую жизнь. Анюта понимала: сколь тяжелые недостатки, столь тяжелые достоинства.

Больше всего на свете профессор любил своего десятилетнего сына, потом медицину, потом рулетку, потом себя, а уже на пятом месте он любил Анюту.

Когда он первый раз обнял ее, увидел небо в алмазах и сошел с ума. На какое-то время все отошло на задний план: семья, медицина, собственная персона. Осталась только страсть и лицо Анюты, ее тепло и ее запах. Он постоянно стремился быть рядом с Анютой, а когда кто-то приближался слишком близко, Юрий выставлял руку, чтобы этот кто-то не прикоснулся к ней физически, даже случайно.

Юрий боялся потерять Анюту и пообещал жениться на ней после защиты ее диссертации.

Это обещание — как скибка сена перед мордой осла. Скибка сена все отодвигалась, и осел шел вперед, перебирая ногами.

Сначала была кандидатская диссертация. Потом докторская. Юрий Вениаминович активно двигал ее карьеру, — это была плата за двойную жизнь, за его нерешительность, которая уже переходила в непорядочность.

Положение любовницы неуважаемо и уязвимо. Прелюбодеяние — это грех, его надо скрывать. А сладкая парочка ничего не скрывала, крутила роман у всех на голове. Это был вызов обществу. И продвижение Анюты по карьерной лестнице — тоже вызов.

Анюта тем не менее принимала такую плату. Но в какой-то момент его помощь перестала быть необходимой. Анюта сама нащупала свою дорогу и пошла по ней, поднимаясь и карабкаясь, как альпинист.

Профессор не прятал Анюту и свои с ней отношения. Они везде появлялись вместе. Вместе ездили отдыхать. Так тянулось из года в год.

Картина вырисовывалась ясная: профессор будет тянуть эту резину до тех пор, пока Анюте не надоест. А когда надоест, когда она плюнет и уйдет, ее место займет другая. Их, других, накопилась целая очередь.

Все это видели, кроме Анюты. «Ведь от любви беды не ждешь», как пел Окуджава.

Анюта любила профессора, и доверяла ему безмерно, и не предполагала в нем коварства.

Однажды вся эта драматургия закончилась. Появилась новая аспирантка, рыжая как Суламифь.

Юрий Вениаминович бросил Анюту, стряхнул как варежку. И опять же у прохожих на виду. У Анюты было чувство, что ее поставили голую на всеобщее обозрение. Люди ходили кругами и рассматривали ее наготу: что у нее, где и как. И хихикали в кулак. И заступиться некому. Мать и сестра — что они могут? Страдать от семейного унижения, и больше ничего. А кто виноват? Сама и виновата. Зачем так долго верила?

Анюта умерла на неопределенное время, при этом продолжала ходить на работу. Она устроилась в закрытую больницу, объединенную с поликлиникой. Работала в стационаре и на приеме больных.

Медицинский мир тесен. Все всех знают.

Однажды Анюта заметила, как на нее смотрит терапевт Любовь Павловна — молча, внимательно, не отводя глаз. В ее взгляде читался вопрос: как ты? Как вылезаешь из своей могилы? Как это вообще бывает? Выжила или умерла?

Анюта и сама не знала: выжила она или умерла? Требовалось время.

Анюта с головой ушла в работу. Кардиология стремительно развивалась. Еще совсем недавно люди пачками умирали от инфаркта. А сейчас можно было вскрыть грудину, пустить кровоток в обход и работать на открытом, молчащем сердце: менять клапан, обходить забитые сосуды. Дальше — больше. Стали оперировать на работающем сердце. Это важно. Остановленное сердце не всегда удавалось запустить. Риск. А теперь сердце не прерывает своей работы. Дальше — еще больше: изобрели стенты, которые армировали сосуды. Никакой операции. И все-таки стенты — не праздник. Со временем на них наматывается холестерин. Надо менять.

Анюта научилась подбирать лечение таким образом, чтобы избежать любого вмешательства. Правильно подобранная лекарственная терапия охраняла сосуды, обеспечивала доступ крови.

Человек — это биологическая машина, которую надо знать, понимать и чувствовать. Интуиция — главная составляющая хорошего врача. Марк Твен говорил: «Какой бы человек ни был — хорош или плох, или ни то ни се, все-таки он тварь Господня и на нем воля Божия». Вот эту волю Божию надо было угадать. И Анюта угадывала.

Когда человек входил в ее кабинет, она по походке, по цвету лица, по энергетике угадывала состояние его мотора, его волю к жизни либо отсутствие таковой.

Анюта вошла в моду как лучший диагност. К ней было не пробиться.

Успех бывает не только у артистов, у врачей тоже имеет место большой успех, который сопровождается материальным успехом.

Юрию Вениаминовичу уже можно было сказать: «Пошел прочь, болван» (Чехов).

Он и пошел, но не сразу. Постепенно. Кривая его жизни, как электрокардиограмма, резко устремилась вниз. А почему? Потому что он перестал играть. Он уже проиграл все, что мог. Дальше оставалось только ограбить банк. А это не просто. Это надо уметь.

Его глаза потухли. Жить стало неинтересно. И возле него тоже неинтересно. Исчезло то волшебство, которое Юрий распространял вокруг себя. И его скибка сена завяла и засохла и уже никому не была нужна.

Рыжая Суламифь крутила параллельные романы. Это было заметно и вопиюще, и унижало и без того опущенного Юрия Вениаминовича. При всем при том законная жена оставалась на законном месте, семья имела прежний рисунок.

Однажды Анюта встретила его в стационаре. Видимо, вызвали на консилиум. Ее сердце сделало кульбит, как цирковой артист под куполом. Все-таки она его любила. Привыкла любить. Захотелось сказать ему что-то ободряющее.

— Ты чувствуешь, что ты — гений? — польстила Анюта.

— Нет, — спокойно ответил профессор. — Но когда я смотрю, как работают другие врачи, я понимаю, что я — хороший врач.

Анюта внутренне согласилась. Вокруг нее в медицине было столько халтуры, недопустимого равнодушия, элементарной безграмотности, что, глядя на это серое поле, Анюта осознавала: она — хороший врач. И Юрий Вениаминович врач милостию Божией. Анюта захотела притянуть его лицо к себе и поцеловать в брови. Но это не страсть, как прежде, а прощание с покойником.

Она пришла в свой кабинет и стала плакать. Анюта думала: он сильный, а на самом деле он — слабый. И не надо было ему подчиняться. Надо было его подчинять. А еще лучше — никогда не встречать. Это был плохой и бесполезный опыт: разбитые надежды, утраченные иллюзии, прилюдное унижение. При всем при том Анюта точно знала: этот человек — ее судьба. Ее судьба, которая досталась не ей.

Всевышний не бывает абсолютно жесток. Отбирая, он предлагает что-то взамен.

В один прекрасный, а может, и не прекрасный день Анюта ехала в метро. Напротив нее сидел мужик с умными глазами и смотрел на Анюту не отрываясь. Как терапевт Любовь

Павловна. Но в его глазах не было глумливой наблюдательности. В его глазах стояла Судьба.

Анюта поднялась и вышла на нужной остановке. И мужик вышел следом. Анюта села в троллейбус, и мужик сел в этот же троллейбус.

Анюта сошла где надо и направилась к своему дому. Не оборачиваясь, она слышала, что человек идет следом, буквально преследует. А вдруг маньяк? А вдруг хочет снять шубу? Перед своим подъездом Анюта оглянулась и спросила:

— Вы куда?

— Домой, — ответил человек. — Я здесь живу.

Он жил в соседнем подъезде, они никогда не встречались. А может, и встречались, но внутри каждого из них стояла другая программа. Однако судьба, как говорится, она и за печкой найдет.

Через три месяца Анюта вышла замуж за своего соседа. А чего ждать? Надо успеть родить. И родила. Мальчика.

Боже, какое это счастье! Она навсегда, на всю жизнь запомнила ребенка, сидящего на ее руке с прямой спиночкой. Сидит ровненько и не отрываясь смотрит в Анютино лицо своими большими, как блюдца, прозрачными глазами.

Какая жаркая и всеобъемлющая эта материнская любовь. Никакого сравнения с другими любовями. Там — страсть, а тут — нежность. Страсть — это физиология, а нежность — от Бога.

Мальчика назвали Яков. Муж так захотел. Получилось Яков Семенович Тучкевич. Неплохо.

Мужа звали Семен, сокращенно Сема. Но за ним еще со студенческих времен закрепилось прозвище Тучка, производное от фамилии. И уже никто не помнил настоящего имени. Тучка — и все.

У Семена было одно неудобное качество: взрывной. Когда начинал орать, не мог остановиться, хоть бери да затыкай ему рот кухонным полотенцем.

Но было и хорошее: мужская нежность. Он так умел любить... Возле него так сладко было засыпать и спать всю ночь. Накрывал глубокий покой и уверенность в завтрашнем дне, и больше ничего не надо. Сема спал, развалившись на обе сдвинутые кровати. Анюте оставался маленький островок, но она удобно размещалась, ей хватало места. Казалось, что спит у медведя под мышкой, — так тепло и ничего не страшно. Медведь защитит, разорвет всех обидчиков на части или распугает своим криком.

Анюта, случалось, тосковала по своему профессору, но это была тоска по инерции. Ее судьба давно уже катила по другим рельсам и в другую сторону.

Тучка — технарь, закончил Институт стали и сплавов. Что он там сплавлял — какая разница? Он куда-то уходил, где-то работал, Анюта не вдавалась в подробности. У нее свои маршруты.

Наступила перестройка. Частные клиники выросли как грибы после дождя, но Анюта их обходила. В этих частных клиниках половина врачей с купленными дипломами.

Анюта ездила по городам и весям, читала лекции, консультировала. Зарабатывала. Она уже давно перестала считать деньги и никогда не знала, сколько у нее в кошельке. Покупала все, на что падал ее взгляд. Понравилось — и в продуктовую тележку, независимо от цены.

Перестройка перестроила и Семена. Его потянуло в строительный бизнес. Ему это нравилось. У него получалось. Видимо, строительство было его истинным призванием. И в самом деле: архитектор начертил дом, снабженец привез материалы, бригада засучила рукава и — вперед, к сияющим вершинам. Через год дом стоит. Именно такой, как на чертеже. И даже лучше. «Мы рождены, чтоб сказку сделать былью».

Расстояние от замысла до воплощения — год. А в инженерном деле замысел не предполагает скорого воплощения. Стоишь за кульманом, чертишь, а что чертишь? кому? зачем?

Первую строительную бригаду Тучка собрал из хохлов. Оказались ленивые и вороватые. Разбавил армянами. Оказались хитрые и вороватые. Привлек таджиков. Тупые. Не знают языка. Не понимают или делают вид, что не понимают. Русские — пьют. Нет мира под оливами. И все же во всех национальностях попадаются настоящие рабочие — рукастые, ответственные, любящие свое дело. Тучка отбирал таких специалистов поштучно и в конце концов сколотил бригаду, которой доверял полностью. Бригада состояла из виртуозов, как оркестр Спивакова. Каждый — незаменим.

Работали под музыку. Приносили японский транзистор, врубали «Наутилус Помпилиус» или Высоцкого и пускались в трудовой день, как в плавание. Наблюдать за ними было очень интересно. Хотелось сидеть и смотреть. Чужой красивый труд завораживал.

Тучка был счастлив как никогда прежде. Он вообще любил жизнь: хорошую еду, хороший секс, осмысленный труд, хорошие деньги — не большие, а именно хорошие, заработанные честным красивым трудом. Ну и большие деньги он тоже любил, само собой.

Тучка стал получать выгодные заказы. Делал хороший откат. Все были довольны, — и заказчики и исполнители.

Семен оказался ловким, результативным бизнесменом. Стал вращаться в нужных кругах, а именно: успешные политики и успешные воры в законе. Это было время сращения власти с криминалом. Гуляй, рванина, от рубля и выше.

Анюта прекрасно вписывалась в новое сообщество. Она была умная и привлекательная. А что еще надо? Анюта хорошо разбиралась в людях, поскольку через нее проходили целые колонны обреченных людей, между жизнью и смертью. Анюта протягивала им руку помощи. И спасала. И они плакали от благодарности и преданности.

Анюта безошибочно подсказывала Семе: с кем стоит иметь дело, а кого избегать.

Мальчик Яша рос, и Анюте было жаль, что он растет и меняется. Хотелось, чтобы навсегда остался маленьким. Но Яша не остался маленьким. Он вырос и достиг призывного возраста. От армии пришлось откупаться. Тогда все имело свою цену. Пользуясь связями, Сема отправил сына в Америку по обмену. Была такая мода: американцев — к нам, а наших — к ним.

Яша вначале скучал на чужбине, жаловался, ныл, а потом привык. Влюбился. И женился в конце концов на девушке с именем Шерилин. Анюта ходила и повторяла: «Шерилин, Шерилин». Имя щекотало язык. Анюта рассматривала фотографию своей невестки. В ней не было ничего сексуального: коровий взгляд, скучные одежды, открытый лоб, как у вдовы. Да, у Семена вкус получше, чем у Якова.

Анюта надеялась: может быть, невестка временная. Первая попытка. А дальше будет вторая — более удачная. Но дальше Шерилин забеременела и родила девочку. Назвали Дженна. Анюта вздохнула. Никакой любви к новым родственникам она не испытывала. Да и какая любовь, если никогда не видела живьем и вся жизнь врозь.

Если бы Анюта вела праздный образ жизни, если бы ей нечего было делать, то присутствие родственников необходимо. Близкие люди делают тебя звеном в общей цепи, без которого цепь развалится. Но Анюта была занята по горло. Врач занят не только в течение рабочего дня, многие лечатся по телефону. Телефон звонит беспрерывно, будто замкнуло контакты. Вопросы, вопросы, уточнения: во сколько принимать таблетки, в какой последовательности, чем запивать, можно ли совмещать с мочегонным, не выводится ли калий из организма и так далее и тому подобное. Все стали образованные, не хотят лечиться вслепую.

В восемь часов вечера Анюта отключала телефон и усаживалась перед телевизором. Смотрела два канала: «Культура» и «Совершенно секретно». С возрастом ее больше интересовали документальные ленты. Сериалы про любовь смотреть не хотелось. То, что придумала жизнь, гораздо интереснее убогих человеческих вымыслов.

Старость подошла на мягких лапах неслышно и незаметно. Анюта не сразу поняла, что это старость. Ее просто накрыло одеялом равнодушия. Все стало неинтересно.

Пациенты приглашали в театр на премьеры. Ехать в пробках, потом сидеть два часа на спектакле в жестком кресле, болит спина. Герой на сцене не может разобраться: любит — не любит, плюнет — поцелует. Вся эта любовь — не что иное, как приманка природы. Природе нужно продолжение рода. Новый человек. Беременей и рожай. Все просто. Но человек пригласил литературу, музыку, живопись, все виды искусства, чтобы приукрасить приманку. Сколько хлопот вокруг такого простого дела, как совокупление. Надо учиться у кошек и собак. Никаких проблем. Никаких тебе серенад под окнами. Все быстро и на тему.

У Анюты сохранились подруги с молодых лет. Отношения не старели. Все то же самое, что в молодости: зависть, соперничество, разборки, кто что сказал? Со стороны послушать — девятиклассницы. А посмотреть — старые дуры, уставшие дети.

С возрастом у Анюты высыпались волосы на макушке, приходилось следить за лысиной. Появился загривок. Откуда взялся? Гормональное нарушение.

Линии сгладились: шея — короче, талия — шире. Но неизменной осталась профессиональная память. Мозги работали остро, как прежде. Никакого Паркинсона, никакого Альцгеймера. И осталось стремление наряжаться. Все самое модное, самое дорогое и современное.

У Анны Андреевны всегда был превосходный вкус, и, когда она появлялась на людях, никому не приходило в голову: бабка. Нет. Дама, остроумная, веселая, злая. Но при этом добрая.

Тучка практически не изменился. Слегка отощал. Дел по горло. Без дела он не мог ни минуты.

К пенсионному возрасту Тучка подошел вполне упакованным: живые деньги в банке, апартаменты в Турции с собственным бассейном, коттедж в Подмосковье. Архитектура — барская усадьба: центральная часть и два крыла по бокам. Колонны как у Большого театра. В правом крыле — родители, в левом — дети. На тот случай, если приедут из Америки. Середина общая. В углу усадьбы дом для прислуги.

Анна Андреевна любила свою дачу. Тишина. Красота. Впереди маячила счастливая старость. Старость — тоже довольно длинный кусок. Его желательно прожить хорошо, в обнимку с покоем и достатком. Анна Андреевна осознавала два жизненных просчета: не выучила английский язык, без которого вылезли большие ограничения, и не научилась водить машину, зависела от мужа.

Тучка бесился, так как зависимость жены напрямую ограничивала его свободу. Тучка был занят, и его шофер тоже имел свои нагрузки. Все кончилось тем, что Анна Андреевна стала вызывать такси. К ней приезжали машины из ближайшего таксопарка. За рулем, как правило, мусульмане — азербайджанцы, таджики и узбеки. Один узбек был с золотыми зубами, не знал русского языка, практически мычал. Это утомляло.

Грузин Георгий говорил хорошо, но брал дорого. Цены формировал по своему усмотрению. Он решил: бабка старая, ничего не соображает, денег — жопой ешь. А зачем ей деньги, все равно одной ногой в могиле. Но Георгий ошибался. Анна Андреевна умела считать деньги и не любила наглых. Каждый человек должен получать по труду, а не по аппетиту.

Третий шофер — русский, Колька. У него никогда не было наличных денег, и это его угнетало. Он постоянно находился в депрессии, бледный до желтизны. Случалось, плакал. Анна Андреевна, как врач, видела, что у него нервы — никуда. Тому была причина: воевал в Чечне. Мирная профессия шофера его угнетала. Воевать интереснее.

Анна Андреевна ему сочувствовала. Но делить его участь не собиралась. Всех не обогреешь. Она подозревала, что Колька — наркоша. В Чечне пристрастился. На войне без этого не выдержать. Должен быть какой-то наркоз.

Однажды Колька поделился:

— Мне нужно два миллиона долларов, я согласен сесть за кого-нибудь в тюрьму. У вас нет таких знакомых?

— Каких? — не поняла Анна Андреевна.

— Кого должны посадить, а он не хочет.

— На сколько лет?

— На десять.

— Ты согласен десять лет сидеть в тюрьме за какие-то бумажные деньги?

— А я через два года выйду.

— Как это?

— По УДО. Условно-досрочное.

— Интересно, — удивилась Анна Андреевна.

— Это бизнес, — разъяснил Колька.

— Есть такой бизнес?

— А вы не знали?

— Откуда же мне знать? Я врач, а не уголовник.

— Вы — акулы империализма, а мы униженные и оскорбленные.

— Я всю жизнь работала как вол, жгла мозги, — уточнила Анна Андреевна.

— А я воевал, рисковал жизнью.

— А нечего тебе было делать в Чечне. Что ты там забыл?

— Меня послало государство.

— Вот с государства и спрашивай.

— А государству на нас плевать.

— Ему на всех плевать. Поэтому надо рассчитывать только на себя.

— А что же мне теперь делать? — растерялся Колька.

Анна Андреевна задумалась: что ему сказать? как утешить?

— Ты молодой мужик. Сексом занимаешься каждый день. А мне осталось жить два понедельника. Живая собака лучше дохлого льва.

— А собака кто? — не понял Колька. — Я?

— Ну не я же...

Вот и все утешение.

Четвертый шофер, Сабир, — просто счастье. Встретились случайно. Бог послал.

Москву знает, как свой карман, умеет находить самые короткие маршруты. Красивый, похож на артиста Машкова, но скромнее. Чувствуется, что у Машкова есть счет в банке, а у Сабира нет.

Однажды заехали на базар. Анне Андреевне надо было купить мясо и овощи. Сабир знал, у кого лучший товар, умело выбирал, сбивал цену. Руководил покупками, что-то советовал, что-то запрещал.

Анна Андреевна поняла, что Сабир прекрасный снабженец, ему можно поручать все хозяйственные покупки. Выберет лучшее и не обманет. А если и обманет, то чуть-чуть, не более десяти процентов от общей суммы. Это — чаевые, а чаевые полагаются.

Постепенно Сабир стал домашним курьером: отвезти — привезти. Семен поручал ему документы, договоры, финансовые бумаги и даже живые деньги.

Анна Андреевна отдала Сабиру финскую дубленку мужа. Сабир преобразился. Многие принимали Сабира за хозяина, а Семена за шофера. Тучка не любил тяжелую дубленку, его вполне устраивал китайский пуховик.

Однажды Сабир привез Анну Андреевну в клинику на консилиум. Сопроводил в гардероб. В гардеробе им встретилась Любовь Павловна — та самая, с пристальным взглядом. Она протянула Сабиру руку и молвила:

— Очень приятно. Вы муж Анны Андреевны? Я давно хотела с вами познакомиться.

— Какой муж? Ку-ку… — отозвалась Анна Андреевна. — Мне семьдесят, а ему сорок. Ты что, не видишь?

Любовь Павловна, конечно, видела, но мало ли что… Все может быть.

Сабир стоял невозмутимый, с никаким выражением, как будто речь не о нем.

Анна Андреевна уходила на консилиум. Сабир терпеливо ждал ее в машине. Читал газеты, слушал по приемнику последние известия, включал свою мусульманскую музыку, которая была гораздо красивее, чем русские мотивы.

Когда хозяйка задерживалась, доставал термос и бутерброды плюс зелень. На его родине, в Самарканде, к столу всегда была зелень и никогда — мороженое мясо. Только парное. Он и сейчас не покупал в магазине колбасу, пельмени. Отваривал кусок баранины и тонко резал. Клал на хлеб вместо колбасы. Пил в основном зеленый чай. Аллах не приветствовал алкоголь, да и какой алкоголь за рулем?

В Сабире две крови — таджик и узбек. Казалось бы, рядом территориально, а ничего общего. Таджики — арийцы, говорят на фарси. А узбекский язык относится к тюркской группе.

В результате этой смеси Сабир оказался похож на цыгана, но русским было совершенно все равно: кто он, Сабир? Для них все гастарбайтеры на одно лицо и имели общее обозначение: «чурка».

Сабир не обращал внимания на дискриминацию. У него свои задачи: заработать деньги на учебу старшей дочери. Дочь Дина хотела стать врачом, а для поступления в медицинский требовалась большая взятка. Значит, он должен обеспечить поступление, заработать на взятку. И он заработает. У Дины должна быть интересная жизнь. А жить интересно — это значит заниматься любимым делом.

В мусульманском мире женщина должна принадлежать только семье. Рожали по десять человек — и вперед. Иначе, как рабство, такую жизнь не назовешь.

Сейчас женщины Востока стали тяготеть к Западу, а именно: любимый труд, собственный выбор.

В родном городе Самарканде всегда тепло, солнце. А здесь, в Москве, — холод, слякоть, серый короткий день. В Самарканде лучше. Но работы — нуль. Можно, конечно, найти какое-то дело за копейки, но кому охота работать задарма?

Сабир мечтал разводить каракулевых овец, однако нужен начальный капитал. А его нет. И взять негде. Жена Румия из бедной семьи. Сабир женился не по расчету, а по чистой любви. И это большая ошибка. Любовь проходит, а расчет остается. Последнее время Румия уклонялась от супружеских обязанностей. У нее внутри, в женском отсеке, все время что-то болело. В Москву с мужем не поехала. И правильно. Зачем тащить женщину в тяжелые условия, как на войну? Пусть остается дома.

В Самарканде солнце круглый год. Лазуревый купол мечети приманивает туристов. С утра до вечера толкутся иностранцы всех мастей: японцы — все сплошь пожилые, шустрые, моложавые, немцы — организованные, жизнерадостные, в бежевых панамках.

Дом, оставленный в солнечном Самарканде, казался покинутым раем. Там все лучше: еда, вода, погода, экология, соседи. Здесь Сабир — второй сорт, даже третий. Чурка. Снял с напарником однокомнатную квартиру в блочной пятиэтажке. Вся квартира — тридцать метров. Уборная по фигуре. Сабир в ней помещается, а напарнику приходится втискивать себя между стен.

Сабир целыми днями крутил баранку, уставал, спина отваливалась. Пассажиры — жлобы. Расплачивались копейка в копейку. А иногда недодавали. Нету. А на нет и суда нет.

Последнее время ему повезло. Попались хорошие люди: старик и старуха.

Старуха Анна Андреевна совершенно не похожа на восточных старух. Никакой мудрости, никакой внутренней тишины. Одевалась в яркие одежды. Ее любимый цвет — лазуревый, как купол мечети. Красила волосы, чего никогда не делают ее ровесницы на Востоке. Громко хохотала, обижалась, любила сладкое, часами сплетничала по телефону, сидя в машине на заднем сиденье. Была недоверчива и подозрительна. Все у нее воры, и все хотят ее обокрасть. Она часто казалась Сабиру не взрослой, умудренной жизнью, а большим ребенком. Детство как будто застряло в ней и не выветрилось.

Это нравилось и не нравилось. Какое детство в семьдесят лет? Но было одно качество, которое Сабир уважал. Старуха — хороший врач. У нее почетных дипломов — целая стена. Когда она занималась своим основным делом (лечила и консультировала), включался ум, мудрость и сочувствие к людям. Становилось заметно, что основа ее жизни — самоотдача. Такое же будущее Сабир строил для Дины. Ради этого будущего он кинул себя в тягостное настоящее. Старуха — маяк в ночи: обеспеченная, самодостаточная, уважаемая людьми. Такие человеческие экземпляры должны жить долго, потому что от них много пользы. Сплошная польза. А от других — либо вред, либо нуль.

Анну Андреевну часто звали в гости. Ей было неудобно заставлять Сабира ждать на улице по нескольку часов. Ничего не случится, если он посидит за столом. Анна Андреевна стала брать его с собой.

Сабир первое время сопротивлялся, потом привык. И в самом деле: пребывать за столом несравненно приятнее, чем сидеть в тесной холодной машине. Пить он не мог, но закусывать — почему бы нет? Это полезнее, чем жевать бутерброд всухомятку.

Гости пристально поглядывали на Сабира. Не любовник ли? Разница лет тридцать, не меньше. Но сейчас это модно. А почему бы и нет? Почему эстрадной певице можно, а врачу-профессору нельзя?

Тучка тоже оценил новую ситуацию. В присутствии Сабира можно было полностью насладиться застольем. Выпить в любых количествах. А иначе какой смысл ехать в гости или сидеть в ресторане и слушать необязательный бабий треп? Напиться — это релакс, отдых, расслабуха. Семен уставал на работе, ему необходимо было отключаться на что-то прямо противоположное его труду.

Рабочие пьют чуть ли не каждый день, но Семен никогда не делит их застолья. Необходима дистанция, иначе они сочтут начальника за своего, не будут подчиняться. Генерал ведь никогда не пьет с солдатами. Это было бы странно и разрушительно для общего дела.

Анна Андреевна была мастер злословия, но Сабир легко прощал ей этот грех. Он видел, что старуха — добрая, доброта стояла у нее на лице: в глазах и губах.

Семен Григорьевич никого не осуждал, но и не одобрял. Его беспокоила только работа:

заказы, сроки, инвесторы, комиссии, когда, куда, кому. Скучный человек, но конкретный. Однажды сказал Сабиру:

— Я хочу поменять машину. Помоги мне продать старую. Возьмешь себе двадцать процентов от продажи.

Старая машина — «вольво» пятилетней давности. Она стоит немалых денег, и двадцать процентов от продажи — хороший кусок. Можно сразу отослать в Самарканд семье. Им хватит на год.

Сабир предложил машину хозяину таксопарка Алику. Алик — азербайджанец, и, как звучит его настоящее имя, никто не знал. В миру он был Алик.

Алик тяжело, по-восточному любил деньги. Он тщательно следил, чтобы водители не эксплуатировали такси в личных целях, не возили девок, например, не сажали левых пассажиров. Он постоянно звонил по мобильному телефону и спрашивал:

— Ты гиде?

Имелось в виду: «ты где?» Алик давно жил в России, но не мог правильно произносить слова «килограмм», «километр». У него получалось: «чилограмм», «чилометр». Сабир подозревал, что в азербайджанском языке нет буквы «к».

Сабир предложил Алику «вольво».

— А сколько ты хочешь за эту таратайку? — спросил Алик.

Он специально унижал благородную «вольво», чтобы сбить цену. Таратайка не может стоит дорого.

Сабир не ответил. Дышал через нос. Ненавидел.

— Могу дать тысячу долларов, — назвал свою цену Алик.

— Засунь себе в зад, — отозвался Сабир.

Сабир вдруг почувствовал себя одиноким в этом мире лжи и алчности. Решил отказаться от продажи. Позвонил Семе, но Сема вдруг сказал:

— Не надо продавать. Забери себе.

— За сколько? — не понял Сабир.

— Дарю. У тебя когда день рождения?

— Уже прошел.

— Ну вот, тем более. Это тебе подарок.

Сабир помолчал и сказал:

— Это слишком дорогой подарок. Я того не стою.

— Ты стоишь большего! — завопила старуха в трубку. Видимо, стояла рядом.

Скорее всего, это была ее идея. Семену бы в голову не пришло дарить машину. Зачем? Стоит себе в гараже, есть не просит. Но Анна Андреевна учитывала интересы Сабира.

Сабир собственноручно вымыл машину, отдраил ее до блеска, и она засверкала победным рябиновым цветом. На другой день Сабир выехал на работу на личной шикарной «вольво». Алик только лязгнул зубами.

Теперь Алик уже не преследовал Сабира вопросом «ты гиде?». Гиде хотел, там и находился. В таксопарк он только сдавал свой «план», а остальной прибылью распоряжался самостоятельно. Спасибо Анне Андреевне. Она умела отдавать ближнему процент от успеха. А успех у старухи был, несмотря на третий возраст. Ее приглашали в бывшие советские республики и даже в Европу. Постоянно требовалось где-то присутствовать, в чем-то участвовать.

Старуха любила путешествовать, менять картинку перед глазами. Она тщательно собирала чемодан. Сабир вез ее в аэропорт и встречал обратно.

Старуха была счастлива оттого, что вернулась. И все, что казалось надоевшим: дом, муж, жизнь, — вспыхивало новыми красками, как будто побывало в химчистке.

Анна Андреевна ехала в удобной машине, по бокам дороги текли берега Москвы. Она замечала, как изменился ее родной город, стал чистым и освещенным. Мегаполис. И казалось, что впереди нескончаемая жизнь, как эта дорога, которую Сабир наматывал на колеса.

Из Америки пришло сообщение: умер Яша. Шерилин писала, что Яша выпал из окна, с семнадцатого этажа. Есть подозрение, что он прыгнул сам. А может, его выкинули. То ли суицид, то ли криминал, то ли несчастный случай. Непонятно.

Шерилин высказала предположение: Яша занимался психоанализом, у него было много пациентов с раздвоением личности, это могло повлиять на психику врача.

Так или иначе, Шерилин кремировала тело, а пепел пересыпала в керамическую вазу и похоронила на своем участке. В углу. И ходит навещать могилу каждый день. Так что Яша — не один. Он присмотрен.

Анна Андреевна держала в руках траурный листок — кремовый, плотный — и ничего не чувствовала. Ее как будто выключили из розетки. В ней все остановилось.

Через какое-то время бесчувствие отпустило, и Анна Андреевна завыла, как волчица. Так было легче. С воем она исторгала из себя невыносимую боль, которая все прибывала и переполняла. Появилось страстное желание самой выбросить себя с большой высоты. Все прекратить в одночасье, не думать и не переживать.

Сема стиснул зубы с такой силой, что сломал мост в верхней челюсти. Пришлось нижней челюстью поддерживать верхнюю, для этого он выдвигал нижнюю челюсть вперед, становился похож на бульдога. Жевательная функция сохранилась, поэтому ко врачу Сема не торопился. Ему было все равно, как он выглядит.

Постепенно шторм утих. В доме Тучкевичей поселилась густая тишина. Жили грустно. Практически не жили. Существовали как-то.

Сабир оказался единственной нитью, которая связывала их с внешним миром. Он закупал еду, готовил восточные кушанья: плов, шурпу, лагман. После этого отправлял грязные тарелки в посудомойку. Вечерами не уходил, оставался допоздна. Иногда ночевал. Какой смысл возвращаться к себе в съемную квартиру, если завтра опять к восьми утра приезжать к старикам?

Сема перестал водить машину. У него тряслись руки. Анна Андреевна понимала, что это начало Паркинсона. Стресс запускает самые неожиданные болезни.

Анна Андреевна не держала домработниц. Не доверяла.

Прежде у нее уже работали молдаванки и хохлушки. Крали те и другие, без исключения. Они выживали любой ценой, как крысы.

Анна Андреевна заметила, что мыши крадут по чуть-чуть, ночью, и избегают людей — скромные маленькие грызуны. А крысы могут в любое время зайти на обеденный стол, взять то, что им нравится, и еще нагадить посреди стола. Умные и наглые. И с амбициями. Так и домработницы: делятся на крыс и мышей. В глубине души они все ненавидят хозяев, завидуют и не понимают: почему у хозяев — все, а у них — ничего. Чем они хуже?

Анна Андреевна, как правило, кидалась в дружбу, изо всех сил старалась скрасить их существование, но — тщетно. Сколько волка ни корми, он в лес смотрит.

Домработницы знают, что отвечать не придется, а безнаказанность развязывает руки.

Обнаружив пропажу, Анна Андреевна приходила в бешенство. У нее поднималось давление, и лицо становилось красным. Она мучительно переносила разочарование в человечестве. Ей как будто плевали в душу.

Сабир — совсем другое дело. Мужчина. В его сердце есть и гордость, и прямая честь, как говорил поэт. Молодой и красивый. Вокруг него совершенно другое биополе. Это биополе чистит пространство. Возле него легче дышать.

Постепенно Яшина гибель ушла из каждого дня, опустилась в глубину сознания, как город Троя.

Этот город существовал со всеми своими кладками и фундаментами, и даже банями. Существовал, но не мешал. Уже можно было думать о чем-то еще, консультировать больных.

Ни с того ни с сего повадился звонить профессор Юрий Вениаминович. Он потерял зрение, не мог читать и смотреть телевизор. Развлекал себя телефонными звонками.

Как правило, он звонил не вовремя, но Анна Андреевна не могла его отшить. Она поймала себя на том, что профессора жалко.

Казалось бы, сколько он принес слез и унижения... Ничего не забылось, но большая любовь, которая когда-то жила в ее душе, не умерла окончательно. Анна Андреевна уходила в свою комнату и подолгу разговаривала с профессором. И с удивлением обнаружила, что Юрий Вениаминович — умнейший человек, просвещенный во многих областях. Раньше они говорили только о своих отношениях, мужчина и женщина, инь и ян. И мимо них проплыла человеческая составляющая каждого. А ведь так много всего остального, кроме инь и ян. И сейчас они открывались друг другу по-новому.

— Ты боишься смерти? — спросила Анна Андреевна.

— Нет.

— Почему?

— Она ведь не только для меня придумана. Такой порядок жизни. Смерть — составляющая жизни. Дело житейское.

— Ты хотел бы жить долго?

— Ни в коем случае. Мне уже надоело. Я бы застрелился, но неудобно перед семьей. Будет неприятный осадок.

— А тебе-то что? — В Анюте шевельнулась забытая ревность к его семье.

— Я никому не могу сказать «нет». Ни семье, ни Богу. Ты же меня знаешь...

Нет. Она его не знала. Инь и ян застили глаза. Но какое уже это имеет значение? Все опустилось в культурный слой — и любовь, и предательство.

Хорошее время — старость. Старость — как рама к картине. Обрамляет и ограничивает. И ничего не жаль.

Сема купил «мерседес».

Выбирали в салоне вместе с Сабиром. Сабир учитывал все мелочи.

Машина для мужчины — второе «я». А хорошая машина больше чем «я». Вернее, так: лучшая часть «я».

Первый раз Сема выехал в декабрьское утро. За рулем сидел Сабир. Шел крупный редкий снег. Сема включил любимый диск. Завопил Юрий Шевчук, и казалось, что он тоже радуется хорошей машине с мягким ходом и кожаными сиденьями.

Машина подъехала к зданию банка. Сема вышел и отсутствовал довольно долго.

Сабир вытащил диск, покрутил ручку приемника и нашел нужную волну с мусульманскими мотивами, так желанными его сердцу. В этой музыке сконцентрировалось все: родители и семья, покой и справедливость. Становилось легко и ясно.

Сема вышел из банка, но не один, а вместе с молодой женщиной — высокой и сверкающе красивой. Женщина проводила Сему до машины. Они заканчивали свой разговор. Сабир услышал слова: «проценты», «инструмент». Видимо, женщина — работник банка, и провожала Сему как уважаемого клиента.

— Знакомьтесь, — представил Сема. — Это Сабир.

Он не сказал «мой шофер». Назвал только имя и тем самым как бы приблизил к себе. «Шофер» — это обслуга, а «Сабир» — друг, племянник, родственник.

Красивая женщина кивнула Сабиру уважительно. Сема поцеловал ей руку и сел в машину.

Поехали. Сабир молчал, потрясенный. Он никогда не видел таких красавиц так близко от себя. Только в кино.

— Она предложила мне переложить деньги на срочный вклад, — поделился Сема. — Процент больше, но риск.

— Какой риск? — спросил Сабир.

— А вдруг я умру?

— Не надо приманивать плохое, — хмуро заметил Сабир.

Эта женщина испортила ему настроение. Как бы показала: где он и где она. Она — высоко, в денежных волнах, в тонких ароматах. А он, Сабир, за баранкой с утра до вечера, постоянная экономия средств, Румия с больными придатками, и никакого просвета впереди. Впереди — опять машина, дорога, тусклая Румия, рабская жизнь. Дети вырастут, но не отвалятся. Захочется им помочь. И опять двадцать пять, как белка в колесе. А эта женщина живет исключительно для того, чтобы украшать, и поражать, и будить мечту. Кажется, что у таких людей другие законы и другие правила бытия.

— А она тоже хочет? — мрачно спросил Сабир.

— Кто? — не понял Сема.

— Ну, вот эта… Банкирша.

— Что хочет?

— Мужчину.

— А-а… У нее двое детей. И муж. Значит, размножается. А что?

Значит, тоже хочет. И отдается. И кто-то ее имеет и разглядывает ее прелести.

Сабир обозлился и насупился.

— А я тоже воевал, — вдруг сказал Сабир.

— Когда? — не понял Сема.

— В Сумгаите. Азеров били.

— Ужас, — отреагировал Сема. — По тебе не скажешь.

Сабир придумал. Наврал зачем-то. Ему вдруг захотелось быть сильным и жестоким и насиловать таких, как банкирша. Быть хозяином жизни, а не батраком, наемным работником. Сабир дышал через нос. Ненавидел. Кого? Всех.

Сема не замечал его настроения. Думал о своем. Неожиданно сказал:

— Я хочу послать тебя в Турцию.

— Зачем? — удивился Сабир.

— У меня там апартаменты. Я хочу их продать.

— Апартаменты — это что? — не понял Сабир.

— Квартира. На берегу моря. Я купил за восемьдесят тысяч евро, готов продать за шестьдесят.

— А зачем продавать? Стоит, есть не просит.

— Вот именно что просит. Недвижимость надо содержать. Мы платим коммунальные услуги, а сами не живем. За все время были два раза.

Сабиру вдруг мучительно захотелось в Турцию. Он засиделся, как в тюрьме. А тут — движуха, новая страна, новые люди.

— Продашь квартиру, возьмешь себе двадцать процентов от продажи, — озвучил Сема.

Он всегда предлагал двадцать процентов. Десять — мало, тридцать процентов — много, а двадцать в самый раз. У Сабира в мозгу распустились розы. Райский сад. Он быстро сообразил: поступление в медицинский институт обеспечено, и еще останется. Можно будет открыть свой бизнес.

Заниматься овцами Сабир уже не хотел. И в Самарканд не хотел. Провинция. Подняться можно только в Москве.

Сабир возмечтал открыть свой таксопарк, как Алик. Купить несколько подержанных корейских машин, снять офис, нанять диспетчера и медсестру. И вперед к сияющим вершинам.

Сабир отправился в Турцию. Сема дал ему доверенность на продажу.

Сабиру несказанно повезло. Квартиру захотел купить рыжий голубоглазый турок, занимающий соседние апартаменты. Турку не хватало двух спален, он мечтал о расширении, так что Сабиру не пришлось далеко ходить.

Квартиру следовало переоформить, получить нужные документы. Потребовался переводчик, нотариус. Пришлось выдергивать из Москвы Сему. В Турции все строго. В конце концов дело было сделано. Сабир вернулся другим человеком. Анна Андреевна его не узнала: Сабир посвежел, оделся и отъелся. Лицо покрыто золотым загаром, любо-дорого смотреть.

— Людям идет благополучие, — заметила Анна Андреевна. — Ты стал похож на американского сенатора.

Двадцать процентов от продажи — довольно тонкая пачка, которую можно было уместить во внутреннем кармане куртки. Но Сабир не дурак, носить в карманах такую ценность. Он открыл в ближайшем банке валютный счет и положил под проценты. Процент — ничтожный, однако в плюс, а не в минус. И не в ноль, как если бы он спрятал деньги в доме.

Сема отправился в свой престижный банк, который находился в центре Москвы. Большому кораблю большое плаванье.

Сема положил сумму на срочный вклад, присовокупил к уже имеющейся. Поехал обратно.

Неожиданно почувствовал нестерпимый звон в ушах. Повернул руль и поставил машину возле гостиницы «Пекин», в неположенном месте. Там нельзя было парковаться.

К машине резво подбежал пузатый мент в предвкушении навара: машина дорогая, значит, владелец с деньгами и не будет мелочиться.

Владелец сидел положив голову на руль. Должно быть, выпил. Штраф удваивался и даже утраивался, но водитель в переговоры не вступал. Он умер. Душа отлетела. Но не далеко. Она была еще в машине, и полицейский ее чувствовал.

Тягостно присутствовать при финише человеческой жизни: добежал, коснулся ленточки — и привет… Все вокруг как прежде, а тебя нет и уже не будет нигде и никогда.

Полицейский снял фуражку. Снежинки падали и застревали в его волосах.

Анна Андреевна не выла, тихо плакала. Только после смерти она оценила мужа: настоящий мужчина — защитник, добытчик, любовник, а не уж на сковороде, каким был профессор Юрий Вениаминович.

На Кавказе за такое поведение мужчину убивают, и правильно делают.

Анна Андреевна попросила Сабира увеличить фотокарточку Семы, поставить в рамку. Получился портрет, на котором Сема, улыбаясь, держал перед собой большую пивную кружку темного стекла — такой живой и жизнелюбивый. Сема с портрета сопровождал Анну взглядом, куда бы она ни переместилась.

Так и жили вместе: Сема и Анна. Можно добавить: и Сабир, но именно добавить, как стекло поверх фотографии. Чужой человек — и есть чужой. На него невозможно заорать, оскорбить, упрекнуть. А иногда так хочется выпустить пар. Просто необходимо, тем более что Анна Андреевна — Скорпион, Скорпионы жалят, когда надо и не надо.

На Сабира легли похороны, поминки, девятый день, сороковой день, походы в загс за свидетельством о смерти. Но главная его забота — Анна Андреевна. Она стала пить и напиваться. Заставляла покупать коньяк «Хеннесси», говорила, что коньяк расширяет сосуды.

Сабир не знал, что с ней делать. Он с удовольствием сдал бы ее на другие руки, но родственников — никого. Ни одного человека. Только внучка в Америке и невестка Шерилин в той же Америке. Но как их найти? Никак. Анна Андреевна не общалась с американской родней, и те, в свою очередь, не интересовались русскими родственниками, которых они никогда не видели. И вряд ли знали о смерти Семы. Откуда?

В один из дней Анна Андреевна грохнулась на ровном месте и сломала себе передний зуб. Пришлось везти ее в стоматологию и ждать там три часа.

В стоматологии ей выдрали еще три ни в чем не повинных зуба. И предложили поставить импланты плюс коронки из циркония. Общая стоимость — миллион рублей.

— Зачем такая дорогая инвестиция в такое прогоревшее мероприятие, как моя жизнь? — размышляла вслух Анна Андреевна.

— Сколько бы ни осталось, поживете с комфортом, — отвечал Сабир. — Зубы нужны человеку три раза в день.

При этом думал: «Кому достанется дом, деньги в банке, трехкомнатная квартира в Москве на улице Строителей?»

Последние десять лет Тучкевичи жили на даче, и московская квартира стояла брошенной, как забытый корабль. Они ее даже не навещали. Потеряли всякий интерес. После просторного особняка с панорамными окнами, среди деревьев и неба, среди красоты и простора московский дом казался бомжатником. В таких блочных сотах обитает низшая форма жизни, которой все равно где жить.

С возрастом у Анны Андреевны стала слабеть память, то, что было давно, она помнила отчетливо, до мелочей. А короткая, ближняя память совершенно не держалась. Например, пойдет зачем-то на кухню, вдруг останавливается. Зачем пришла? Забыла. Вылетело из головы. Отправилась назад и вдруг вспомнила: а! нужны хозяйственные ножницы. Мозги работали, как «Яндекс». Включалась поисковая программа и выдавала результат. Мозг — биологический компьютер.

Особенно плохо дело обстояло с именами. Хорошо еще, что помнила свое имя.

Второе осложнение старости: портится характер. Переругалась со всеми подругами, кроме одной — Оксаны. А Ритка и Милка пошли под нож.

Ритка — необязательный человек. Пообещала и не сделала. Забыла. Как будто пернула.

Все рассеялось без следа. Зачем обещать, спрашивается? Люди надеются, ждут, но на людей ей плевать с высокой колокольни. На день рождения приносит подарки по принципу: на тебе, боже, что мне не гоже. Христос велел отдавать десятину. Ритка за эту десятину задавится.

Вторая подруга, Милка, ни в чем не виновата. Просто растолстела, задница сделалась промышленных размеров. Невозможно смотреть. Анна Андреевна тоже не набрала красоты со временем, но она себя не видела, особенно сзади. А Милку видела и уставала от тяжелого впечатления. Всякое уродство напрягает.

Анна Андреевна очистила пространство от подруг, ей хватало Сабира. Она ждала его с работы, не ужинала без него. Сабир старался нигде не задерживаться, спешил к Анне Андреевне. Ужинали вместе. Потом выходили на открытую террасу. Сидели молча. О чем говорить? А главное — зачем? Так много можно сказать без слов.

Небо всегда разное. И никогда не надоедает. Божье творчество. Не надо посещать выставки. Вот тебе самая прекрасная выставка — небо.

Каждый думал о своем.

Анна Андреевна была счастлива, что она — не одна. В ее душе не было тягостных пустот. Рядом — живой человек, состоящий из труда, благородства и молодости.

Женщины живут дольше мужчин. Природа заботится о женщинах больше, потому что на них главная задача — продолжение рода. Они нужнее. Многие подруги Анны Андреевны, потеряв мужа, завели кота. Кот лучше, чем ничего, но человек лучше, чем кот. Пусть не любовник, но платоническая любовь — это тоже любовь. Как правило, она более духовная, чем плотская, и дольше держится. Анна Андреевна зависела от Сабира, и эта зависимость была ему нужна. Сабир хотел быть нужным кому-то в этом жестоком и равнодушном городе. Старуха стала его семьей.

Время шло. Анна Андреевна поставила новые циркониевые зубы. Они были белые, как унитаз, и старили, как ни странно. Новые зубы в старых губах. Анне Андреевне зубы нравились, поскольку ей было гораздо удобнее жевать.

Однажды за ужином она произнесла:

— Лучше пару лет недожить, чем пережить.

— Как? — переспросил Сабир.

— Лучше умереть на два года раньше, чем на два года позже.

— Не надо приманивать плохое...

— Приманивай — не приманивай, а дорога все равно в одну сторону.

Сабир был на середине жизни, и ему казалось, что он вечен.

— Надо найти Дженну, — продолжала Анна Андреевна.

— Кого? — не понял Сабир.

— Американскую внучку. Я хочу перевести на нее все, что у меня есть. Деньги и недвижимость.

Сабир проглотил кусок мяса не жуя, как корова. Молчал. Глядел на свою хозяйку.

Анна Андреевна метнула в рот рюмку коньяку. У нее это ловко получалось.

— Тогда что я здесь делаю? — спросил Сабир.

— Здесь — это где? — не поняла Анна Андреевна.

— У вас дома. С вами.

— Ты здесь живешь.

— Я с утра до вечера занимаюсь вашими делами, вашими зубами, вашими документами...

Анна Андреевна не верила своим ушам. Ей казалось, что она благодетельница-матушка, а оказывается, она — нагрузка, гремучий прицеп.

— Что ты хочешь? — спросила Анна Андреевна.

— Я хочу, чтобы вы переписали на меня вашу московскую квартиру.

— Ты знаешь, сколько стоит квартира в Москве? — поинтересовалась Анна Андреевна.

— А зачем она вам? Вы ее все равно с собой не возьмете, и за вами не понесут.

Анна Андреевна протрезвела. Она думала, что Сабир — наивный, бескорыстный сын степей. А оказывается, он степной волк, расчетливый и хищный. Но ничего. С волками жить — по-волчьи выть.

— Я подумаю, — сухо сказала Анна Андреевна.

— Сколько? — уточнил Сабир.

— Полгода.

— Хорошо, — согласился Сабир.

— А потом что? — уточнила Анна Андреевна.

— А потом я от вас уйду.

— Куда?

— В свою жизнь.

— У меня комфорт, а в твоей жизни — нищета и достоевщина. Разве тебе здесь плохо?

— Не плохо, — согласился Сабир. — Но мы живем на разных скоростях.

Сабир ответил как шофер. Действительно, старики живут на одних скоростях, а молодые на других.

У Анны Андреевны пропал аппетит. Она встала из-за стола и ушла в свою комнату. Включила телевизор. Шла передача «Пусть говорят». Анна Андреевна не слушала. Пришло осознание реальности. Что есть ее жизнь? Полное одиночество. Пустыня с песком. Миражи. И Сабир — тоже мираж.

И даже кот Барсик живет с ней на разных скоростях: ночью гуляет, днем спит. В доме только жрет и ссыт. И наглая морда, никакой благодарности. И вся прошедшая жизнь кажется миражом. Как будто и не жила.

Дом, как куполом, накрыло напряженное ожидание. Анна Андреевна взвешивала все за и против. Сабир выжидал.

Он по-прежнему закупал продукты, но к ужину являлся не всегда. Анна Андреевна не могла есть одна и часто вообще не ужинала. Обходилась бутербродами.

В доме стали появляться отвергнутые подруги Ритка и Милка. Анна Андреевна приглашала их для консилиума.

Подруги крутили пальцем у виска, намекая на то, что старуха выжила из ума. Всё их поколение, в том числе Анна Андреевна и Сема, пахали всю жизнь, зарабатывали, собирали по крохам свое благосостояние. И что теперь? Отдать все чужому человеку, хитрожопому чурке?

— При живой внучке, — напоминала Милка.

— А где она, эта внучка? — вопрошала Анна Андреевна. — Хоть бы когда-нибудь позвонила, поинтересовалась. Я для нее как боярыня Морозова, исторический персонаж из Древней Руси.

— А почему именно Сабир? — удивлялась Ритка. — Найди себе домработницу, плати зарплату. Будешь ухоженна и не одна.

— Не переношу чужих в доме.

— А Сабир не чужой?

— Нет, не чужой. Я к нему привыкла.

— Если ты завещаешь ему всю свою недвижимость, он тебя убьет, — предупредила Милка.

— Не убьет.

— Почему?

— Он меня любит.

Подруги переглядывались со значением: Анна сбрендила, не иначе.

Приходила третья подруга, Оксана Дмитриевна. Начиналась новая волна обсуждений. Анна Андреевна приводила свои доводы:

— Дженна за океаном, десять часов на самолете, а я могу споткнуться и упасть на ровном месте, как уже было. И меня некому поднять. Я так и буду валяться, пока Дженна не прилетит из Америки? А Сабир рядом. Живой человек. Если он уйдет, я останусь одна во всем доме, как брошенная собака.

— Но не отдавать же квартиру…

— А зачем она мне? Стоит и пылится.

Оксана Дмитриевна хотела сказать: «Отдай мне», но постеснялась.

Анна и Оксана дружили честно и счастливо, но, как говорится, дружба дружбой, а денежки врозь.

Подруги уходили. Анна Андреевна погружалась в анабиоз, как медведь в спячку.

Сабир, случалось, возвращался под утро. Это была отнюдь не личная жизнь, а длинные рейсы в другие города. Туда и обратно.

Анна Андреевна слышала, как в двери поворачивается ключ, и ее сердце вздрагивало от радости. Вернулся, слава тебе господи...

Как это важно, когда кто-то живет и дышит рядом с тобой.

Сабир осторожно передвигался, ступал мягко, как кот. Боялся разбудить. Тактичный человек.

Анна Андреевна отмечала, как мужественно и стоически сносил Сабир свою рабскую жизнь. Буквально совершал подвиг во имя семьи. Эта жизнь не имела ни конца ни края. А деньги, вырученные за квартиру, решили бы все его проблемы. Почему не помочь хорошему человеку? Лично ей квартира не нужна. Сема оставил в банке такую сумму, которой хватит еще на сто лет. Анна Андреевна не черепаха, два века не проживет. Существует родная внучка, это так. Но какой толк в этом родстве? Их жизни текут в параллельных мирах и не пересекаются.

Америка — это параллельный мир, как океан. Что может быть общего у Анны Андреевны и кита?

Истекал установленный срок. Надо было принять решение. И Анна Андреевна его приняла.

— Я согласна, — сухо сказала она Сабиру.

При этом не предложила даже сесть. Просто бросила два слова по дороге в туалет: «Я согласна».

Сабир стоял перед холодильником, складывал в него молочные продукты: творог, сыр, сметану.

Услышав заветные два слова, он вздрогнул, как будто в него выстрелили.

Все это время Сабиру казалось, что он летит в самолете, терпящем бедствие. И вот самолет благополучно сел. Уф!

Пришла осень, сбросила с деревьев желтые крупные листья. Сабир сгребал листья в кучу, потом поджигал. Густой мутный дым устремлялся в небо.

Оксана Дмитриевна вышла на крыльцо покурить. Внимательно наблюдала за Сабиром.

Сабир поздоровался подобострастно. Он чувствовал, что эта носатая старуха, черная как цыганка, его не любит.

— Как здоровье? — дружелюбно спросил Сабир.

— Не притворяйся шлангом, — ответила «цыганка».

— Как это? — не понял Сабир.

— Ты змея, которая притворяется шлангом.

— Я не змея. Я все прямо говорю, — ответил Сабир. Он понял, о чем речь.

— Ты пользуешься безвыходным положением человека.

— Она сама так решила. Это ее решение.

— Она так решила, потому что ты ее припер к стене.

— Какой стене? Какой припер?

Сабир высоко поднял свои густые полукруглые брови: на что она намекает?

— Ладно, — махнула рукой Оксана Дмитриевна. Выбросила окурок.

На крыльце появилась Анна Андреевна. Оксана Дмитриевна перевела тему.

— Через год у тебя юбилей, — напомнила она. — Ты рада?

— Чему?

— Тому, что дожила.

— А что хорошего в старости? Никакого здоровья, никакой любви.

— Человек должен пройти свой путь до конца.

— Смотря в каком виде…

— В любом. Здесь жизнь, а там волновое состояние.

Старухи замолчали, глядя на костер, где тлели листья.

Были зеленые — красиво, потом стали желтые — тоже красиво, теперь горят. Кремация. Природа завершила свой цикл.

— Юбилей справим, — бодро отозвался Сабир. — Плов сделаем, гостей позовем.

Продажа квартиры затянулась.

Риелтор Лида объяснила, что в стране кризис. У людей нет денег. Никто ничего не покупает, наоборот — продают и уезжают. Рынок стоит. Пришлось опустить цену на двадцать пять процентов. Потом еще на пять.

Длинное затишье.

И вдруг все покатилось, — легко и неожиданно быстро.

Покупателем оказалась молодая женщина с двумя детьми от разных браков. Тихая, одинокая, — откуда деньги? Но деньги были заплачены и переведены на счет Сабира.

Сабир стал жить как белый человек. У него появилась банковская карта.

Деньги не должны лежать мертвым грузом. Они должны работать.

Сабир приступил к воплощению своей мечты: собственный таксопарк. Он — хозяин, как Алик. Сабир приобрел шесть новых машин. Подержанные стоят дешевле, но потом все деньги уйдут на ремонт.

Понадобился офис, регистрация, штат. Все это трудно, когда нет денег. А с деньгами не трудно ничего. В стране действительно кризис, доллар вырос, рубль упал, и люди рады любому заработку.

Сабир легко набрал штат: диспетчер Таня, бухгалтер Николай Егорыч и медсестра Оля.

Таня сидела на телефоне, принимала заказы. Медсестра приходила к восьми утра, мерила водителям давление, проверяла на алкоголь, после чего выдавала путевки.

Бухгалтер Николай Егорыч — тихий пенсионер, свое дело знал. Сабир ему доверял. У Алика бухгалтера не было. Он сам себе бухгалтер, сам считал выручку. Его руки пахли деньгами.

Медсестра Оля — незамужняя, двадцатишестилетняя. Она планировала найти мужа среди водителей и явилась в боевом оперении: короткая юбка, рыжая челка, губы и ресницы накрашены в восемь слоев.

Оля не стала дожидаться, пока ее выберут, и выбрала сама: Сабира. Тому были две причины: начальник и молодой. И относительно свободный. Жена где-то в тьмутаракани не считается.

Сабир не сопротивлялся. Оля была не в его вкусе, но те, кто в его вкусе (женщина возле банка), — недоступны. К тому же Сабир был застенчив, не умел ухаживать, да и времени не было. А Олю судьба ему протянула как таблетку на ладошке. Остается положить в рот и запить водичкой. Сабир так и сделал. Он привел ее в съемную квартиру, когда была Колькина смена.

В дом к Анне Андреевне Олю не приводил, не хотел сталкивать двух женщин.

Анна Андреевна была пожилым человеком, но все равно женщина. Старухи тоже разные бывают: одни вянут окончательно и бесповоротно, а другие до конца несут в себе батарейку, которая вырабатывает энергию.

Так что Сабир оставлял Олю за кадром. Он ее скрывал ото всех, и правильно делал, потому что на крупном плане его жизни светилась Румия и дети.

Ко всему прочему Оля не украшала того, кто рядом. Можно сказать, компрометировала. Казалось, что ее причинное место не спрятано, как у всех, а вынесено на лицо. На лоб, например.

Несколько раз они ночевали вместе, и по утрам, не успев накраситься, Оля преображалась. Становилась милая, очень русская, бесхитростная и теплая. Но это длилось недолго. Оля вытряхивала на стол свою косметичку и наводила марафет: губы — двумя помадами плюс контур, ресницы — несколько слоев. Становилась похожа на куклу из дешевого магазина.

Любовью Оля занималась с большим и даже излишним энтузиазмом. Включала звук и ревела утробно, как корова в хлеву. Сабир боялся, что соседи услышат. С одной стороны — пусть слышат, какая разница, а с другой стороны — неудобно шуметь после одиннадцати. Сабир был деликатным человеком и не мог получать удовольствие за счет других.

Оля — мать-одиночка. Ее ребенка воспитывала бабушка с нищенской пенсией. Оля работала, зарабатывала, как могла: бегала по уколам, делала массажи.

Сабир понимал, что ей надо замуж и он отнимает у нее время. Но Оля вперед не заглядывала, жила сегодняшним днем, надеялась на авось.

У Анны Андреевны стала кружиться голова.

Сабир испугался. Почему кружится голова? Может случиться удар, и что тогда?

Мусульмане идут к Аллаху. А неверные куда? А вдруг никуда? В пустоту. Ей там будет скучно и холодно, и ничего нельзя поправить. Бедная Анна Андреевна. Она сделала для него больше, чем родная мать, дала вторую жизнь, и ее нельзя отпускать в никуда.

Сабир привез врача. Врач прописал уколы.

Оля вызвалась ходить к старухе на дом. За деньги, разумеется.

Олю поразил дом Анны Андреевны.

— А сколько здесь метров? — спросила Оля у хозяйки.

— Четыреста. А что?

— С ума сойти. А кто здесь живет?

— Я.

— И всё?

— И всё.

— А где ваши родственники?

— У меня их нет. Только Сабир.

— А кому же достанется дом?

— Когда? — не поняла Анна Андреевна.

— Потом, — дипломатично ответила Оля.

— Кому-нибудь достанется...

— Государству, — предположила Оля.

Анна Андреевна пожала бровями.

Вечером Оля обнимала Сабира.

— Столби дом, — сказала она в антракте между сексуальными действиями.

— Это нереально, — отозвался Сабир.

— Ну и дурак. Дом перейдет государству. А знаешь, что такое государство? Председатель местной администрации Малышев. Алкоголик и взяточник. Он так обстряпает, что дом перейдет в его личное пользование. Лучше уж тебе. Ты ей не посторонний.

— Я ей никто. Меня сразу выпрут, если что.

— Пусть напишет завещание, — предложила Оля. — Это документ. Никто не выпрет.

— Я не хочу об этом думать.

— А ты не думай. Возьми завещание и не думай.

Сабир мучительно хотел спать, поэтому не стал продолжать разговор. Секс действовал на него как снотворное.

Засыпая, он слышал:

— Твоя бабка меня кормила жареной рыбой. Что-то весело чирикала, как облезлый воробей. Не понимаю, как может быть хорошее настроение у человека, который знает, что скоро помрет...

Придвигался юбилей.

Оксана Дмитриевна позвонила и поинтересовалась:

— Что тебе подарить: мультиварку или брошку?

— Внучку, — ответила Анна Андреевна.

— А где я ее возьму?

— В том-то и дело…

Оксана Дмитриевна положила трубку и стала размышлять: а почему бы не осуществить желание близкой подруги? Имя внучки известно: Дженна. Фамилия известна: Тучкевич, как у Семы. Год рождения: 1986-й. Дженне сейчас тридцать лет. Что еще нужно, чтобы найти человека? Америка далеко, но знакомые в Америке имеются. Не много, но и не мало. Есть к кому обратиться. Дженна — не иголка в стоге сена, можно поискать через определенные службы. Пусть хоть что-то отойдет родной внучке, иначе Анну Андреевну попросту ограбят. Анна как была, так и осталась романтической идиоткой. Ей кажется, что все ее любят за то, что она это она. А на самом деле ее просто качают, как нефтяную скважину. И хорошо, что скважина не пуста, как у других стариков.

Известный писатель сказал: «Как страшно умирать, когда ты ничего не оставляешь своим детям». Оксана Дмитриевна хорошо понимала писателя. Это был как раз ее случай.

Вспомнила, как они с Анютой бегали на танцы в Дом офицеров. Входили в зал, и сердце замирало от предчувствия счастья. Счастье летало где-то здесь, среди лейтенантов, иногда касалось лица, и они слышали это касание. Дыхание останавливалось.

А теперь — юбилей. Подведение итогов.

Юбилей решили праздновать дома. Сабир поехал на ферму, выбрал живого барана. Он умел выбирать. Тут же на ферме барана превратили в мясо. Сабир выбрал лучшие куски.

К плову полагалось: круглый рис, лук, морковь, приправы, зира, нут (крупный горох), головки чеснока, айва.

Плов должен был прозвучать как симфония и остаться в памяти навсегда.

Но плов не прозвучал и не остался. В таксопарк Сабира поступил выгодный заказ: поездка по Золотому кольцу. Свободных водителей не оказалось. Сабир поехал сам. Не хотелось терять деньги.

В результате плов готовила Оля, получилась каша с мясом, поскольку рис разварился. Плов — это искусство, наподобие игры на фортепиано, и если не умеешь, то и не сыграешь.

Сабир вернулся в двенадцать часов ночи.

Гости разошлись. Осталась только старушка, неуловимо похожая на Анну Андреевну, и какая-то незнакомая молодая женщина.

Анна Андреевна была принаряжена, возбуждена и выглядела на двадцать лет моложе.

Сабир достал подарок, который он купил для Анны Андреевны. Это была икона, написанная на дереве, покрытая лаком. Авторская работа. Не дешевая. Все кинулись смотреть.

Старушка оказалась сестрой Анны Андреевны. В молодости они отличались друг от друга с точностью до наоборот. А сейчас стали идентичны, как две картофелины из одного клубня. Они и были из одного клубня.

— Знакомься, это моя внучка! — представила Анна Андреевна.

Внутри Сабира все похолодело. Он понял, что внучка явилась за приданым и теперь придется возвращать деньги за квартиру.

Дженна подошла к Сабиру и протянула ему руку.

— Дженна, — произнесла она.

Сабир сунул свои холодные пальцы.

Дженна пожала. Она смотрела ему прямо в лицо. Он никогда не видел таких глаз и такого рта. Дженна была как гроза — пугала и завораживала. Она была похожа на ту банкиршу, которую он видел рядом с Семой.

Анна Андреевна журчала рядом. Рассказывала, каким образом Дженна появилась в ее доме. Сабир слушал краем уха.

В комнату вошла Оля и сообщила:

— Я ухожу.

Анна Андреевна сходила за кошельком и вручила Оле деньги за труды.

Оля осталась довольна гонораром, это было видно по ее лицу.

— Ты меня отвезешь? — спросила Оля у Сабира.

Сабир вышел вместе с Олей. Сели в машину.

— Писец котенку, — сказала Оля. — Дом попел.

— И мой бизнес тоже попел, — отозвался Сабир. — Придется продавать.

— Почему?

— Вернуть деньги.

— А ты скажи: что упало, то пропало. Что они с тобой сделают? Ничего не сделают. Они же не бандиты. Просто женщины. Одна старуха, другая — иностранка. У нее вообще никаких прав. В крайнем случае, можно попугать.

— Кого ты собралась пугать? Она по-русски не понимает.

Сабир высадил Олю возле ее дома. Оля потянулась для поцелуя. Сабир почувствовал на губах запах глины. Поторопился отъехать. Вытер рот кулаком. На его руке остались следы помады.

Сабир вернулся к Анне Андреевне и сразу поднялся на свой второй этаж. «Продам Алику, — подумал Сабир. — Он оторвет с руками…» Это была последняя мысль перед тем, как заснуть. Сабир устал как пес.

Проснулся через два часа от лязга посуды. Повертелся. Перелистал свои мысли. Мысли были такие: Алик — везунчик, а он — неудачник. Он притягивает к себе несчастья. Такова его карма. Судьба — динамо, как говорят русские. Поманила и кинула.

Сабир понял, что не заснет. Спустился вниз.

Дженна стояла на кухне и сбрасывала с тарелок остатки еды. Потом ставила тарелки в посудомойку.

Сабир подошел к ней и стал помогать. Какое-то время работали молча. Потом Дженна сказала:

— Ты делал все, что должна была делать я.

Сабир напрягся. Он решил, что началась разборка: он забрал часть наследства, которая принадлежала ей, родной внучке.

— Ты был возле бабушки в ее трудное время, — продолжала Дженна. — Она мне рассказала. Я не знаю, как тебя благодарить.

— Анна Андреевна меня уже отблагодарила. Она отдала мне квартиру. Если хотите, я вам ее верну.

— Зачем она мне? Зачем мне квартира в Москве, если я живу в Америке?

— Деньги, — объяснил Сабир.

— А мне не надо. У меня все есть. У моего мужа ювелирная мастерская. Это очень выгодный бизнес.

У Сабира что-то отпустило внутри, он почувствовал такую легкость, будто плывет в невесомости в космическом корабле. Сабир испугался, что его радость будет заметна, и это
неприлично.

— Вы идите, — сказал Сабир. — Я сам все
сделаю.

— Ты хороший... — проговорила Дженна.

Она подошла к нему и стала смотреть молча.
Рассматривать. Глаза у нее были пестрые, серые с зеленым, как драгоценные камни.

— Идите, идите, — поторопил Сабир.

Он боялся сделать что-то непоправимое.
Например, обнять Дженну, и тогда она даст
ему по морде, и будет совершенно права. Кто
он и кто она?

Сабир не мог заснуть. Он переступил через
границу засыпания и теперь знал, что не заснет.
Закрыв глаза, попробовал хотя бы забыться.

Заскрипела дверь.

Вошла Дженна в чем-то легком, белея в темноте как призрак.

Легла рядом.

У Сабира высох рот. Было трудно глотать.
И трудно дышать.

— Молчи, — сказала Дженна. — Просто лежи
и молчи.

То, что было дальше, видела только полная
луна. Она висела в окне, как бесстыжая рожа.

Сабир не мог понять: явь это или сон?

Дженна была высокая, и, куда ни ткнись, везде ее горячее длинное тело. Оно отвечало на каждое его прикосновение, и Сабир понял, почему русские употребляют глагол «живут». Говорят: «Они живут». Правильно, это и есть жизнь, когда он и она сливаются в одно, и от этой жизни родится новая жизнь. И все это называется — любовь. Так вот она какая, любовь. А он и не знал. То, что он знал, — просто короткое замыкание. И больше ничего.

Дженна замерла, лежала неподвижно, потом проговорила:

— Как давно у меня этого не было.

— Ты же замужем, — удивился Сабир.

— Мой муж — гей, — сказала Дженна.

— Это как? — не понял Сабир.

— Он любит мужчин.

— А как же он на тебе женился?

— Он не знал.

— Чего?

— Того, что он гей. Молодой был.

— А зачем он тебе такой?

— У нас двое сыновей. Они его любят. И он их тоже.

— Все равно… Это как-то криво.

— Я знаю. Но мой муж хоть и голубой, но он очень хороший человек. И при деньгах. Если я его брошу, сразу выхватят. А я — кому нужна?

— Мне.

— Зачем?

— Я буду любить тебя всегда. Мы каждый вечер будем ложиться вместе, как сегодня. Вместе есть, и спать, и молчать.

Дженна улыбнулась в темноте. Сабир почувствовал это по движению воздуха. Воздух как будто разрядился вокруг ее лица.

— Ты же не свободен, — напомнила Дженна. — У тебя семья, трое детей. Мне бабушка говорила.

— Я все устрою. Я стану свободный и богатый. Только скажи «да».

— Я хочу спать.

— Скажи «да», потом будешь спать.

— Поговорим завтра.

— Нет. Сейчас. Я не отстану, пока не скажешь.

— Да.

Дженна заснула. Сабир чувствовал тяжесть ее головы на своем плече и боялся пошевелиться, чтобы не потревожить.

Самарканд — второй по величине город в республике, но все равно — провинция. Раньше, до распада Союза, в Самарканде было много заводов и фабрик — и рабочих мест. А сейчас все развалилось, работать негде, таджики и узбеки рванули в Россию. В России они живут как рабы, но на что не пойдешь ради заработка.

Мужчина должен кормить семью, в этом его предназначение и святой долг.

Сабир выкроил неделю и приехал в Самарканд. Он привез в семью деньги — это главное. И второе: хотел переговорить с женой о будущем, о раздельном проживании.

Сабир гулял по городу, обдумывал предстоящее объяснение.

Лазуревый купол мечети был виден отовсюду. Вокруг мечети толклись иностранцы. Красота и значительность древней архитектуры накрывала людей с головой.

Самарканд всегда относился к Таджикистану, но его передали узбекам. Кажется, это сделал Ленин.

Сабир не мог решиться на разговор с женой. Язык не поворачивался. Румия была такая преданная, такая родная, мать троих его детей. Кому нужны дети, кроме родителей? Мальчики будут расти без отца, как сорняки.

В конце концов Сабир принял решение: у него может быть две жены — старшая и младшая, это в традиции мусульман. У мусульманина столько жен, сколько он может содержать. И не обязательно ставить Румию в известность. Есть такая дурная правда, которая хуже всякой лжи.

Последний вечер с семьей был особенно теплым и веселым. Мальчишки висели у него на шее. Румия приготовила манты. С ее лица не сходила туманная улыбка. Было заметно, что женщина счастлива.

Ночь была нежной, но не возникало полета. Румия — глубокая родственница, как сестра, например. Невозможно же заниматься любовью с сестрой. Как поется в цыганской песне, «это просто ничего, по любви поминки». Так и с женой: любви поминки.

Когда-то в ранней молодости полет был, конечно, но не такой яркий и яростный, как с Дженной. Какое может быть сравнение... Однако Румия создавала стабильность и уверенность в завтрашнем дне. Сабир — не осколок, а часть целого. Как корабль на воде, который не потонет, удержится на плаву, что бы ни случилось.

Сабир спал глубоко и сладко. Отдыхал каждой своей клеточкой. Так он спал только дома.

Сабир вернулся в Москву рано утром. Его встречал водитель Мишка. Русский. Рыжий. Лопух. Довольствовался малым, все по минимуму.

Сабир чувствовал свое преимущество. Он не желал помнить, что и сам совсем недавно жил в таком же режиме. Сабир взлетел над прошлой жизнью, как на воздушном шаре. А земля далеко внизу, в дымке, в тумане, не разобрать. Да и вглядываться не хочется.

Сабир не считал свой взлет везением. Он приписывал его к собственным заслугам. Заслужил. Чем? Всей своей жизнью, терпением, трудом, умом. Да. Он такой. С новыми достижениями пришло другое видение себя. Он — особенный. Лидер. Другого Дженна не приняла бы. Дженна — вот его главное завоевание, главное счастье и божия заря.

Москва бежала за окнами. Москва — столица. Здесь его бизнес и его будущее. Все здесь.

А зачем Дженне возвращаться в Америку? Здесь стоит уже готовый дом, готовый свежий воздух. Богатые вообще предпочитают жить за городом. И это логично: зачем жить в асфальте, когда можно жить на природе?

У Дженны — сыновья. Очень хорошо. Пусть приезжают в Москву. Дом — четыреста метров, всем места хватит. Пусть живут на две страны, на три страны. Люди мира. И он, Сабир, недавний чурка, тоже станет человеком мира. Как поется в песне, «кто был никем, тот станет всем».

Сабира никто не встретил. На кухне стояла Оксана Дмитриевна и смотрела в кастрюлю. У нее что-то варилось.

Здесь же, за кухонным столом, сидела девочка-подросток и что-то писала в тетради.

— А где все? — удивился Сабир.

— Никого нет, — сказала Оксана Дмитриевна.

— А когда придут?

— Не знаю.

— Как это не знаете?

Оксана Дмитриевна поднесла ко рту ложку и шумно потянула свое варево.

— Они улетели в Америку, — сказала старуха.

— Что? — переспросил Сабир, хотя все услышал.

— В Америку улетели. Обе. Дженна забрала Анюту с собой, и правильно сделала. Собак и тех не бросают.

— Бабушка, а что такое сказуемое? — спросила девочка.

— От слова «сказать». Тебе что положить в суп: картошку или лапшу?

Сабир стоял с чемоданом в руках. Спросил:

— А с домом что?

— Ничего. Они не будут его продавать. Хотят оставить на всякий случай. Иметь свою точку в России. Дженне очень понравилась Москва. И это понятно. Все же она наполовину русская.

Сабир стоял и молчал. Внутри был вакуум. Он ничего не чувствовал, кроме пустоты и желания уйти из-под чужих глаз.

— Хотите чаю? — спросила Оксана Дмитриевна.

— Нет. Спасибо.

Сабир вышел на улицу.

Мишка еще не уехал. Ковырялся в моторе.

Сабир сел в машину. Назвал адрес Оли. Больше ему податься было некуда.

Оля бросилась Сабиру на шею и поджала ноги. Повисла всей тяжестью. В ней было килограммов семьдесят, не меньше.

Среди ночи Сабир проснулся, смотрел в потолок.

За окном горел фонарь, освещал нижние ветки деревьев. В батареях разговаривала вода. Оля тихо спала, дышала неслышно. Казалось, что ее нет вообще.

Вакуум в душе Сабира рассосался. Поползли мысли.

Дженна... Ее можно понять. Там, в Америке, у нее все: дом, дети, деньги, муж — хороший человек. Секса — нуль, но ведь секс важен только в молодости, а потом, в семейной жизни, он не имеет определяющего значения. Важен сад и огород, который ты посадил вокруг себя и должен взрастить и снять урожай: поднять детей, дать им образование, и рядом тот, кто помогает, зарабатывает деньги. Все так живут, не важно где: в Америке ли, в Москве, в Самарканде... Век потребления, а значит — деньги, деньги...

С Дженной все ясно, но Анна Андреевна... Как она могла исчезнуть молча, подло, не попрощавшись, не посмотрев ему в глаза? После всего, что было между ними...

А что было между ними? Ничего. И все. Анюта, Анна, Анна Андреевна — все эти женщины — юная, зрелая и старая — слились в одном флаконе.

Поэт написал: «Но кто же мне была она? Не то сестра, не то жена. А иногда, казалось, дочь, которой должен я помочь...»

Нечто похожее испытывал Сабир. Когда человек дорог, то он дорог целиком, со всем мусором, который в нем есть.

Как это называется? Дружба? Нет. Больше. Любовь без поступка любви.

Старуха была нужна Сабиру. Для чего? Для всего: чтобы на нее злиться, чтобы ее жалеть, варить ей супчик, мучить, грабить, сострадать. Просто видеть. Сидеть рядом.

А теперь ее нет. И как будто воронка в душе. Воронка от дерева, вырванного с корнем.

Слеза покатилась по щеке Сабира и затекла в ухо.

Сабир боялся пошевелиться, и в ухе образовалось маленькое озеро.

Самолет летел над облаками.

Анна Андреевна сидела возле круглого окошка и смотрела в космос.

Дженна не любила самолеты. Она боялась летать, хотя правильнее сказать: боялась падать.

Она всегда пыталась представить себе, что делается в салоне во время авиакатастрофы. Как это происходит? Взрыв... Самолет разламывается в воздухе, и люди высыпаются, как апельсины, и летят вниз... И что? Сразу замерзают? Сразу умирают? Ничего не успевают понять? Или все-таки успевают...

Анна Андреевна держала на коленях книгу, но не читала. Время от времени снимала пальцем слезу со щеки, при этом ее лицо ничего не выражало. Каменное лицо и медленно ползущая слеза.

— Перестань, — сказала Дженна. — Кто он тебе?

Анна Андреевна молчала, смотрела в иллюминатор. Под самолетом пенились облака.

— Кто он тебе? — повторила Дженна.

Анна Андреевна перевела глаза на Дженну и сказала:

— Друг.

— Дружба — это барабанная дробь. Главное — семья. Компрене?

Анна Андреевна не ответила. «Компрене» — французское слово. Значит, Дженна знала не только английский и русский, но и французский. Сейчас такое время. Весь мир говорит на многих языках.

Сабир работал с утра до вечера. Он стал понимать Алика, прежнего хозяина таксопарка.

Водители — все, как правило, приезжие из бывших союзных республик — народ ушлый и неуправляемый, внаглую шабашат на служебных машинах. У каждого имеются личные клиенты, которые вызывают водителей напрямую, минуя диспетчера.

Сабир постоянно проверяет каждого. Держит перед глазами мобильный телефон, звонит и спрашивает: «Ты гиде?»

Оказывается слово «где» — неудобное из-за двух согласных рядом. Легче произносить через гласную: «Ты гиде?»

Дженна, ты гиде? Гиде ты, счастье, свобода от денег, вечная весна?

дома стоят дольше, чем люди
повесть

Официальное название — ДСК «Советский писатель».

Дачно-строительный кооператив.

Землю дал Сталин, незадолго до своей смерти. Подкармливал идеологию. Каждый пайщик получил по полгектара земли, в отличие от шести соток для всех остальных простых граждан.

Звание писателя считалось почетным, приравнивалось к профессорскому званию. «Поэт в России больше чем поэт» — так было в Советском Союзе. А после перестройки, когда сменился строй и СССР превратился в СНГ, поэт перестал быть больше. Сегодня каждый кому не лень может объявить себя писателем. А почему бы и нет? Всеобщая грамотность с тридцать седьмого года.

В нашем поселке проживал цвет советской литературы: Александр Твардовский, Константин Симонов, Юрий Нагибин, Юрий Трифонов, поэт Павел Антокольский, режиссеры Эльдар Рязанов, Михаил Ромм, актер Зиновий Гердт, певица Людмила Зыкина.

Каждое имя — бриллиант.

Остальной цвет литературы благоухал в поселке Переделкино. Там осели: Борис Пастернак, Корней Чуковский, Булат Окуджава, Евгений Евтушенко — наши классики, наши гении. Сейчас все вымерли, сменилось поколение. Никто не задерживается на этом свете, кроме актера Зельдина. Но и Зельдин умер в конце концов.

Из писателей в нашем поселке практически никого не осталось, если не считать Генриха Боровика, который ходит по аллее с двумя палками. И меня, которая ходит с одной палкой, а также Владимира Войновича, который редко выходит из дома.

В поселке живут наследники прежних хозяев, дети и внуки. Появились богатые новые русские. Они снесли старые дома и построили себе новые.

Прежние дома были маленькие, милые, их строили пленные немцы. Сегодняшние дома — современные, большие, очень большие и огромные, с огромным вкусом. Буквально Голливуд.

Встречаются дома из прежней жизни, они выглядят как верблюды в центре города, попавшие из одной цивилизации в другую. Но ничего. Как есть, так и есть.

Раньше запрещалось делить участки. Имеешь полгектара и пользуйся. Зачем такие пространства? Чтобы соседей не было видно и слышно. Соседи — далеко за деревьями, за удаленным забором. Создается впечатление, что соседей нет вообще. Ты — один. Вокруг только природа. Ходи и созидай.

Все проходит, в том числе спокойные времена. Появился Горбачев с пятном на лбу, и все, что раньше запрещалось, теперь разрешалось.

Раньше в наш кооператив принимали только писателей, теперь кого угодно. Были бы деньги. Большие участки стали делить и продавать по кускам, — то, что предлагал Лопахин в пьесе «Вишневый сад». Земля стоила дорого, буквально золотая миля.

На правлении появился новый пайщик по имени Фрида. Немолодая, значительная, со следами красоты.

Было известно, что Фрида — сестра бизнесмена Яши Цукермана и выступает от его лица.

Сам Яша родом из Днепродзержинска, который находился на задворках страны, «жопа-география».

Яшу никто никогда не видел. Он никуда не ходил, посылал Фриду. Фрида — его представитель по связям с общественностью.

Правление собралось в полном составе. Никто не опоздал, и Фрида тоже пришла вовремя. Села на стул. Стулья стояли вдоль стен, как лавки в военном самолете.

Правление — справа, Фрида — слева. Мы, правление, смотрели на Фриду, как на дворовую девку, которая хочет выйти замуж за барина и тем самым протыриться в высшее общество.

Фрида, в свою очередь, открыто презирала голодных членов Союза писателей, которые мнят из себя творцов, а сами едва сводят концы с концами, перебиваются с хлеба на квас. В то время как у Фриды и Яши недвижимость по всему земному шару, не говоря об этом задрипанном поселке «Советский писатель», где они планировали мощное строительство. Деньги были заработаны на перевозке овощей и фруктов. Яша гонял дальнобойщиков с помидорами и бананами, которые зрели в пути.

Забегая вперед, могу сказать: не правы и те и эти. Никто никого не хуже. Заработать большие деньги тоже непросто. Для этого нужен определенный талант и усилия. У писателей другой талант и другие усилия.

В чем разница? Книги остаются людям. А усилия Фриды и Яши достаются только им.

И больше никому. Поэтому никто и никогда не скажет им спасибо. Ну и не надо. Можно обойтись без спасибо, а на обед иметь черную икру.

Фрида строит дом. Правильнее сказать, руководит стройкой. В перерывах гуляет по поселку.

Я тоже гуляю со своей молоденькой дочерью. Она высокая и узенькая, в финской шапке-ушанке.

Фрида приближается к нам и бесцеремонно сдергивает шапку-ушанку. Моя дочь растерялась и удивилась одновременно. Ее глаза стали круглые, а легкие волосы разлетелись на ветру. Зима. Какого черта?

— Я хочу посмотреть, как выглядит Наташа без шапки, — объясняет Фрида. — Я ищу невесту для моего младшего сына.

— Пусть он сам ищет, — советую я и забираю шапку. Надеваю на голову своей дочки.

— Вы же знаете, можно напороться на кого угодно. Эти рыбы-пираньи так и кишат под ногами. А мой Миша такой дурак... Наташа, вы нам подходите, — молвила Фрида без перехода.

— Я замужем, — ответила Наташа.

— Уже? Зачем?

— Так получилось.

— А подруга у вас есть?

— И не одна.

— Я куплю вам с подругой билет в Лос-Анджелес, вы полетите вместе, познакомитесь с Мишей. Посмотрите на него, на его дом. У него прекрасный дом.

— Это сложно, — отказалась Наташа. — Пусть Миша снимет все на камеру и перешлет кассету в Москву. А мы с подругой сядем и посмотрим на Мишу, на его дом. Пусть Миша снимется в фас и в профиль.

— Как в тюрьме, — подсказываю я.

Фрида уловила насмешку. Обиделась, но не явно. Ей не хватало уважения. Если разобраться, она предлагала счастье: жизнь в благополучной Америке, в прекрасном доме, с реальным женихом. Что тут обидного?

Фрида выбрала статусный поселок, который повышал и ее собственный статус, но писатели оказались какие-то тугие, как застарелые ржавые замки.

Фриде предлагали лучшие места в Подмосковье: Рублевка, Переделкино, Николина Гора. Там живет сам Михалков, даже оба Михалкова. А здесь только Эльдар Рязанов. Фрида уважила писателей, а они еще изображают. В чем причина? Причина в зависти. Ей завидуют, не иначе.

Фрида вздохнула и пошла своей дорогой. А мы — своей.

Навстречу легкой походкой шествует Фроська Гуд-бай. Вообще-то она Ефросинья Яковлевна, вдова писателя Кремлева. Он, конечно, никакой не Кремлев. Это псевдоним. Настоящую его фамилию я не знаю, но это не имеет значения. Кремлев давно умер, а «покойники все одинаковые», как сказал один из героев Владимира Войновича.

Кремлев канул в Лету, а Фроська осталась. Ей под семьдесят, но все почему-то зовут ее Фроська. Поговаривают, что она работала у Кремлева домработницей, а потом плавно перетекла в статус жены.

Она решила выучить английский язык, но запомнила только два слова: «гуд-бай». Прощалась исключительно по-английски, отсюда пошло ее прозвище Фроська Гуд-бай.

Фроська следила за своей внешностью, делала подтяжки на лице. Предпочитала подтяжки частичные: убирала морщинки вокруг глаз, а те, что вокруг губ, оставались на месте. Это было довольно странное зрелище: верх лица как после ожога, кожа гладкая и неестественно тонкая, а рот собран в кисет.

Симпатичным оставался ее смех. Хохотала Фроська громко и с аппетитом. Смех — это серьезная характеристика, кто понимает. Смех может многое сказать о душе и даже об уме.

Фроська почитала своего Кремлева и очень хотела издать его собрание сочинений. Но никто не брал, ни одно издательство. И даже не читали.

Однажды Фроська пришла ко мне с объемной рукописью, попросила ознакомиться и, если можно, переписать заново. За это она предложила мне кусок земли. Бартер. Я — новую современную рукопись, она — землю. У Фроськи был самый большой участок в поселке.

Прежде чем что-то обещать, я решила прочитать рукопись. Выбрала время и углубилась в «труд усердный, безымянный».

Художественной ценности рукопись не имела. «Но знаешь ли, о, как велик труд, не познавший поощренья». Это слова Беллы Ахмадулиной.

Я сказала Фроське, что не могу переписать роман, поскольку я погружена в совершенно другую реальность и ничего не понимаю в тридцатых годах. Роман я тем не менее похвалила. У меня бы язык не повернулся критиковать покойного писателя, подвергать сомнению всю прошлую жизнь Ефросиньи Яковлевны. Она гордится своим прошлым, и пусть все так и останется. В конце концов, любят всяких, не только талантливых и успешных. Успешные очень часто — козлы, не только внешне, но и внутренне.

Роман я переписывать не стала. Кусок земли Фрося продала Фриде.

Фрида построила дом, и не один, а два. Один себе, другой Яше.

Забегая вперед, скажу: Фрида построила. Продала. И умерла.

Дом купил богатый человек. Кто именно, не знаю. И никто не знает. Из ворот время от времени выходит нянька и вывозит на коляске больную девочку. Богатые тоже плачут.

А дом, построенный Фридой, гордо возвышается за забором.

Дома стоят дольше, чем люди.

эльдар рязанов

Я познакомилась с Эльдаром Рязановым в шестьдесят седьмом году. Его назначили моим художественным руководителем.

Дело было так: я написала свой первый в жизни рассказ «День без вранья». Его заметили. Мне заказали на «Мосфильме» сценарий, приставили молодого режиссера Андрея Ладынина. Андрей оказался сыном великого и всемогущего Ивана Пырьева.

Пырьев любил Андрея, испытывал угрызения совести, поскольку бросил его мать Марину Ладынину и жил с молодой.

Андрей после развода родителей остался с отцом. По-моему, он был несчастен. Главное его несчастье — разлад мечты с действительностью. Лермонтовский комплекс. Он вынужден был снимать кино, не являясь внутренне режиссером. У него была другая начинка. Сын не обязан продолжать династию родителей. В нем могут оказаться совсем другие гены. Я думаю, так себя чувствует гомосексуалист. Внешне он — парень и вынужден жить, как парень, а внутри — девушка, и должен это прятать.

Так и Андрей. Я не знаю, кем он был по призванию. Возможно, ученый, технарь, но только не режиссер.

Мы начали работать. Андрей сидел с оттянутым, как у отца, затылком и грыз спички, и ничего не мог предложить. Тоска.

Звезда Пырьева уже закатывалась. Его травили разные сволочи, которые когда-то его возносили. В кино много подлецов. Почему? Потому что никто добровольно не признает себя бездарью. Всегда кто-то в этом виноват. И они мстят за свою бездарность.

Пырьева втирали пяткой в землю, но он все еще оставался всесильным и распоряжался судьбами молодых. Он приторочил к нашему сценарию Эльдара Рязанова, назначил его художественным руководителем.

Эльдар не мог отказаться, поскольку был обязан Пырьеву своим восхождением.

Фильм «Карнавальная ночь» в постановке Рязанова во многом, а может, и полностью, идея Пырьева.

Сталин умер в пятьдесят третьем году. Кинематография не могла сразу перестроиться на «оттепель». Бурым потоком текла серая кинематографическая продукция, и вдруг в пятьдесят седьмом году выходит «Карнавальная ночь». Она просверкнула, как «солнца луч среди ненастья». Этот фильм вознес Рязанова на вершину славы. Успех был окончательный и бесповоротный.

Актриса Людмила Гурченко — тоже находка Ивана Александровича. «Карнавальная ночь» — ее первый фильм. Двадцатилетняя студентка актерского факультета, чертенок, с рюмочной талией. Ходили слухи, что талия Гурченко — сорок восемь сантиметров. Непонятно, как в таком маленьком объеме умещаются внутренние органы. Не девушка, а чудо света.

Она выходит замуж за Бориса Андроникашвили. Это сын знаменитого писателя Бориса Пильняка и грузинской княжны, актрисы Андроникашвили.

Борис Пильняк написал знаменитую «Повесть непогашенной луны» и сгинул в сталинских застенках в возрасте сорока трех лет. Это была повесть о наркоме Фрунзе, который погиб не без участия Сталина.

Пильняк, по воспоминаниям, очень любил жизнь и женщин и эту свою особенность передал сыну Борису. У Люси и Бориса родилась дочка Маша, но это не скрепило семью. Семья распалась.

Борис — праздный красавец, неприспособленный к борьбе за выживание. Он учился на сценарном факультете, но вся его энергия уходила на женщин. Гены, что поделаешь...

Судьба Людмилы Гурченко сложилась непросто. После «Карнавальной ночи» она снялась в фильме «Девушка с гитарой», но успех не повторился. Оказывается, для успеха нужен был Рязанов.

После первого взлета Гурченко не снималась двадцать лет. Самые цветущие двадцать лет в жизни женщины — с двадцати до сорока. Судьбе зачем-то надо было ее испытывать, но Гурченко выдержала. Не спилась, не озлобилась и в один прекрасный день вынырнула из небытия и засияла новым блеском.

У Симонова есть такие строчки: «И встречусь я в твоих глазах не с голубой, пустой, а с женской, в горе и слезах рожденной чистотой».

Гурченко вернулась к зрителям не девчонкой-чертенком, а примадонной. Ее так и называли: примадонна. Однако характер подпортился. Ничто на земле не проходит бесследно.

Однажды мне довелось отдыхать в правительственном санатории «Барвиха». Моей визави за столом оказалась Людмила Гурченко.

Стол — двухместный возле окна. Я спиной к окну, Люся (так ее звали) напротив.

В одно прекрасное утро мы встретились за завтраком и довольно долго молча смотрели друг на друга. Свет безжалостно падал на лицо Люси без грима. Утро. Личико маленькое, как ноготь большого пальца. Цвет лица — голубоватый, бескровный. Волос на голове — можно пересчитать. Худая, но не тонкая, а недокормленная. На нижнем веке заметные швы. Следы подтяжки.

Я подумала: «Лучше быть такой толстой, как я, чем такой худой, как она».

Люся смотрела на меня и думала с точностью до наоборот. Решила дать мне полезный совет.

— Ты, наверное, ешь полный обед: холодную закуску, первое, второе и десерт, — предположила она. — А ты этот обед разнеси на весь день: утром — холодная закуска, в обед — первое, на ужин — второе. И все! Тебе будет вполне достаточно.

— А десерт? — напомнила я.

— В ведро. Никаких десертов.

Я именно так и ела. Просто у каждого человека свой обмен веществ. Как говорят, своя конституция.

— У меня мама была толстая, — объяснила я.

— Ерунда все это, — отвергла Люся. — Отговорка. В блокаду не было толстых. А почему? Потому что не жрали...

К Людмиле Марковне не решались подходить отдыхающие. Стеснялись. Людмила была постоянно чем-то раздражена, а может быть, плохо себя чувствовала.

Когда-то, во время съемок фильма «Мама», Люся сломала ногу по вине клоуна Олега Попова. В дальнейшем это отразилось на состоянии спины. У Люси постоянно болело то тут, то там. Боль портила настроение.

Однажды она созналась мне в сложных отношениях со своей дочерью Машей. Но внука по имени Марк она обожала. Как можно не обожать юного и прекрасного и одной крови с тобой?

Мы с Люсей привыкли друг к другу. Сблизились. Как-то за обедом Люсе захотелось мне рассказать, и я услышала...

Однажды она вернулась со съемок, и ее последний муж проговорил:

— Позвони Маше.

— Зачем?

— С Марком плохо, — сдержанно ответил муж.

— Ну и что? Сейчас плохо, завтра будет хорошо. Ему семнадцать лет.

— Ты все-таки позвони.

— Ну не умер же он, — отмахнулась Люся.

— Умер, — отозвался муж.

Люся подскакивает к телефону, набирает номер. Слышит голос Маши. Резко спрашивает:

— Когда похороны? Где?

Маша объясняет.

Люся приходит на похороны...

Люся замолчала. Я должна что-то сказать. А что тут скажешь? Можно только молиться.

И вдруг я спрашиваю:

— Как он выглядел? — и пугаюсь своего вопроса.

Но лицо Люси озаряется восторгом.

— Прекрасно! — воскликнула она.

Ее принц был прекрасен. Смерть не коснулась его облика. Марк так и остался в памяти людей — семнадцатилетний, совершенный, мирно спящий.

Из столовой мы уходили вместе. Люся шла впереди. У выхода вдруг обернулась резко. Проговорила:

— Я не знаю, зачем я живу.

Несколько раз она показывает мне фотографию Никиты Михалкова.

С одной стороны — его молодой портрет: лучше не бывает. С другой стороны надпись: «Коза, я всегда спокоен, когда ты у меня за спиной».

Не каждого человека можно спокойно держать за спиной, тем более в такой банде, как кино.

Людмила Гурченко любила своего отца Марка нечеловеческой любовью. А может, как раз человеческой. Она его боготворила. Когда его не стало, она самым серьезным образом замыслила его воскрешение. Подробности я не уточняла. Это было под силу только Иисусу Христу в случае с Лазарем. Но Людмиле казалось — и ей под силу. Если так истово хотеть, можно добиться желаемого. Всего можно добиться, кроме одного: нельзя из мертвого человека сделать живого. А наоборот — запросто. Живые с легкостью превращаются в мертвых — каждый день, каждую минуту.

Существуют вещи, недостижимые даже для примадонны.

Люся постоянно пребывает в плохом настроении. Ее все раздражают, особенно поклонники таланта. Обязательно какой-нибудь смельчак подходит и говорит:

— Ой! Я помню «Карнавальную ночь», я еще тогда в школу ходил.

Что стоит за этими словами? Как вы, Люся, давно живете. Получается, что Гурченко старая, как пирамида Хеопса. И в самом деле: «Карнавальная ночь» вышла в пятьдесят седьмом году, а сейчас двухтысячный. Можно посчитать.

Людмила тихо звереет и произносит раздельно:

— Пошел на хер.

Бедный поклонник не понимает, в чем дело, откуда грубость, что он такого сказал?

Но вот заканчивается срок ее пребывания в «Барвихе», и Людмила дает прощальный концерт. Это как бы форма благодарности.

В концертный зал сбегаются все работники санатория и их знакомые из соседних деревень. Зал ломится: повара, официантки, горничные, медсестры. Заняты все места, дети на коленях. Аншлаг.

Раздается музыка: «Пять минут», и на сцену выпорхнула молодая, розовая, вся в ярких развевающихся одеждах, льняных кудрях — красавица, богиня, ангел. Людмила Гурченко. Ее невозможно узнать. Она буквально перевоплощается из кокона в бабочку. В ней на полную мощность включается рубильник таланта и освещает всю ее сущность — снаружи и изнутри.

Она поет своим необычным, только ей присущим голосом. Ни у кого нет такого.

В Люсин репертуар не входит колоратура типа «Кричат скворцы во все концы: "Весна идет! Весне дорогу!"». Это не ее репертуар. Кроме весны существуют осень, зима и многие несправедливости. И это — тоже жизнь. И об этом тоже надо спеть, чтобы поддержать путника в дороге.

Есть песни, которые никто не спел лучше, чем Людмила Гурченко.

Умерла она внезапно, быстро, и даже сама не поняла, что с ней случилась смерть.

Однако я отвлеклась.

Вернусь в 1967 год. Вышел мой первый рассказ «День без вранья», и Пырьев просит Рязанова стать художественным руководителем будущего фильма. Рязанов соглашается.

На это — две причины. Первая: просьба Пырьева, которому Эльдар обязан своим восхождением. Вторая причина — мой редактор Нина Скуйбина.

нина

Красавица. Хрупкая, большеглазая, с глазами «горячими до гари».

Будучи студенткой ВГИКа, она вышла замуж за Володю Скуйбина с режиссерского факультета.

Володя — высокий, широкоплечий, русский богатырь, как будто сошел с плаката. Нина — тонкая, с черной челкой, мерцающими глазами. Пара — хоть рисуй. Однако родители Володи не приняли этот выбор сына. Почему? Они не любили евреев, а Нина — еврейка.

Я не буду останавливаться на этом нюансе, который называется «антисемитизм». Но последнее время мне кажется: антисемитизм убывает. Евреем быть можно и даже модно. Но сейчас не об этом.

Володя Скуйбин заболел гриппом и получил осложнение. С удивлением заметил, что у него онемел мизинец на руке. Он думал — мелочь. А это оказалась началом болезни: рассеянный склероз. Исчезает миелин — изоляция вокруг нерва. Нерв обнажается и выходит из строя, перестает передавать сигнал. Тело больше не подчиняется человеку, он становится неподвижным и медленно умирает.

От этой болезни умер Николай Островский. Будучи неподвижным, он успел продиктовать книгу «Как закалялась сталь».

Мое поколение проходило эту книгу в школе. Нам ее вдалбливали в мозги, а сейчас вряд ли кто ее помнит.

«Как закалялась сталь» написана на злобу дня, а те произведения, что на злобу дня, — растворяются без следа. Остаются только вечные темы.

Володя Скуйбин уже не вставал, но продолжал снимать свой фильм «Жестокость» по одноименной повести Павла Нилина. Когда актеры видели, как режиссер руководит съемками, лежа на носилках, они полностью отдавались общему делу и забывали о своих интересах.

Володя болел долго. Нина не могла выйти из дома, боялась оставить мужа одного. Но выходить приходилось: за продуктами, в аптеку. Нина старалась поскорее вернуться и научилась ходить быстро. Эта стремительная походка так и осталась с ней навсегда. Когда мы шли рядом, я всегда семенила, стараясь ее догнать.

Фильм «Жестокость» вышел на экраны и стал культовым фильмом своего времени. Все поняли: пришел большой талант.

Нина сражалась с болезнью мужа, как Мцыри с барсом. Искала врачей, целителей, знахарей, а когда ничего не помогло, стала надеяться на чудо. Чуда не произошло. Володя умер. Нина осталась вдовой. Однако подвиг ее преданности стал известен. Не в колбе живем. Все всё знают. За Ниной установилась высокая безукоризненная репутация: самоотверженная, верная, глубоко порядочная красавица.

Рязанов влюбился в Нину и ушел из семьи. Довольно скоро вернулся обратно, поскольку ему было стыдно перед первой женой Зоей. Он понимал, что своим уходом наносит Зое реальное зло.

Нина смирилась, и роман продолжался. Полдня, находясь на студии, Рязанов пропадал у Нины в кабинете либо Нина пропадала у него на съемочной площадке. Вечером разъезжались по домам.

Эта двойная жизнь длилась десять лет. Мы с Ниной плотно дружили эти годы. Обсуждали и перепевали «саратовские страдания».

Через десять лет, будучи пятидесятилетними людьми, они поженились наконец. Рязанов долго проверял свои чувства и мучил бедную Нину, но все хорошо, что хорошо кончается.

Нина и Эльдар переехали в дом Михаила Ромма. Они купили дом у наследников.

Впереди — океан времени, и их общий корабль скользит по чистым и прозрачным водам.

Я в эти же годы купила землю у наследников Павла Антокольского. Мы с Эльдаром стали помещиками и соседями.

Я дружила с Ниной и дорожила этой дружбой. Нина — чудо из чудес, в каком бы возрасте она ни пребывала.

Нина пригласила меня в гости. Участок у Ромма — огромный. Дом — кирпичный, с большими белыми ставнями. Казалось, что здесь живут сказочные герои. Так и ждешь, что на крыльцо выскочит Белоснежка.

У самого крыльца стоит куст жасмина. Ветки обсыпаны белыми цветами. Каждый цветочек о четырех лепестках, как будто его нарисовала детская рука.

Я подумала: «Вот дом, где живет любовь». А куст жасмина стоит, как часовой на посту, стережет счастье и благоухает до неба, чтобы и на небе знали: счастье есть, вот оно.

— Мечта, — проговорила я.

— Да... — тихо отозвалась Нина.

А что тут скажешь?

Эльдар купался в славе. Это был самый популярный и обаятельный комедиограф без вредных привычек: не пил, не курил, не бабник.

Несколько раз мы оказывались вместе в гостях, сидели за одним праздничным столом. Я имела возможность наблюдать эту пару. Эльдар вел себя как анфан террибль (ужасный ребенок), он шутил, дурачился, смеялся. У Эльдара сильное биополе, и он всегда был самым интересным.

Нина сидела рядом, опустив глаза, как строгая гувернантка, и фильтровала каждое его слово. Она буквально работала при Эльдаре, ни на минуту не расслаблялась. Мне казалось, это лишнее. Но она — не я. У нее свои жизненные ориентиры.

Однажды я наблюдала их на фестивале «Золотой Дюк», который проходил в Одессе.

Нина и Эльдар прибыли не в общей группе. Отдельно. Может быть, даже на чьем-то личном самолете.

Их встречали, как правительство, и подвезли к гостинице во второй половине дня. Я смотрела, как они выходят из машины. Сначала Нина, как телохранитель. Оглядывается по сторонам. Все спокойно. Далее выгружается Эльдар. Он толстый, но подвижный. Умел садиться на шпагат.

Они скрываются в гостинице через служебный вход.

Эльдар привез свой фильм «Забытая мелодия для флейты» с Филатовым в главной роли. Этот фильм конкурировал с «Ассой» Сергея Соловьева.

Видимо, премия была обещана Эльдару заранее. Он под эту премию и приехал. Иначе фестиваль не получил бы Рязанова, еще чего. Зачем ему куда-то лететь между небом и землей, а потом топтаться среди людей из публики, давать автографы, пить спиртное, нарушать диету?

Премию получил фильм «Забытая мелодия для флейты». На закрытии был дан банкет. Ко мне подошел подвыпивший Жванецкий. В его глазах стояли слезы. От слез глаза казались прозрачными, похожими на два крыжовника.

Он посмотрел на меня и грустно сказал:

— Вот я дал премию Рязанову, а о чем фильм — не помню…

Это несправедливо. Фильм запоминается. Но «Асса» — совсем другое дело. Это — новое слово, в нем слышался ветер перемен.

На закрытии всем было неловко, хотя никто ничего не говорил.

Круглолицый и обаятельный Соловьев хлопал своими круглыми глазами и был похож на ребенка, которого обманули. Обещали взять в цирк и кинули.

Возле коротышки Сережи Соловьева всегда толклись и боролись за него самые красивые женщины поколения. Значит, что-то в нем было. И я даже догадываюсь что: талант с крупицами гениальности.

Эльдар Рязанов построил на своем участке «доходный дом» и передал мне свою рабочую бригаду под руководством некоего Ромки.

Я уточнила у Нины:

— Брать?

— Бери, — с убеждением сказала Нина.

Я подумала: если Рязанов доверил Ромке свой дом, то и я могу ни о чем не беспокоиться. Рязанов — самая лучшая рекомендация. Но… Я ошиблась. «Доходный дом», который Ромка возвел Эльдару, пошел трещинами. Это означало дефект фундамента. Пол второго этажа качался как на пружинах. Ромка оказался вор и законченный мерзавец. Не хочется перечислять его особенности. На что только люди не идут ради денег. Но я тоже не лыком шита. Мне довольно скоро все стало ясно.

Бригада собиралась в восемь утра, работали до двенадцати, потом посылали кого-то одного за бутылкой. Поднимались на второй этаж, чтобы не на глазах, и — вперед, к сияющим вершинам. Это называлось «обеденный перерыв», который длился до шести вечера. И так каждый день.

Я не знала, как от них избавиться. Выгонять я не умею. Скандалить — тоже не берусь. Для этого надо определенный темперамент. Есть люди, которые расцветают в борьбе. Я не из них.

Кончилось тем, что я остановила финансирование, и никого не потребовалось выгонять. Бригада растворилась, как сахар в кипятке. Были — и нет.

Я поменяла бригаду и закончила стройку.

Сейчас мое неброское строение стоит как домик Наф-Нафа, того самого, который, конечно, всех умней. Я очень люблю свой дом. И куда бы я ни приходила, мне везде кажется неуютно. У одних слишком бедно, у других слишком дорого, а то, что слишком — то нехорошо.

Меня мой дом обнимает, как любимый человек. Хочется оставаться в его объятьях и не двигаться.

Иногда я думаю: что составляет мое счастье? Дети, профессия, дом... Трудно вычленить, что важнее. Иногда кажется, на первом месте профессия. Я всю жизнь занималась тем, что мне нравится.

Но дети — это мое продолжение. Они понесут в будущее мой смех, мою трусость, мой разрез глаз. Как же без детей? Хочется любить что-то живое и теплое, целовать в мордочку, касаться губами.

Жванецкий сказал: «Как страшно умирать, когда ты ничего не оставляешь своим детям».

Я оставлю им дом. И собрание сочинений. Самое обидное, если они этот дом продадут. Но об этом лучше не думать. Что касается собрания сочинений, за него ничего не возьмешь. Это — просто я. Слепок моей души.

Я купила себе норковое пальто. Именно пальто, а не шубу. А Эльдар преподнес Нине «доходный дом». Это был его новогодний подарок.

Дом лучше, чем шуба, кто спорит…

Нина сидела в машине с опущенным стеклом. Я подошла в своем норковом пальто и остановилась в ожидании комплимента.

— Вот, — сказала я. — Заработала честным красивым трудом.

Это правда. У меня вышла в Болгарии книга, и теплые братья славяне организовали мне элегантную обновку. Как не похвастать?

Нина сидела, не реагируя. Лицо у нее было постным. Странно. Нина — воспитанный человек. Могла бы из приличия выразить что-то позитивное. Чем объяснить такое равнодушие? Только равнодушием ко мне.

Рязанов десять лет вымораживал Нину в статусе любовницы, и все кинематографическое сообщество следило за развитием событий. Нине хотелось забыть об этом смутном времени, а тут — я, живой свидетель, да еще в норковом пальто, из-под которого торчали серые валенки.

Я постояла и отошла от машины, несолоно хлебавши. Нина провожала меня глазами. О чем она думала? Может быть, о том, что к дорогому меху не идут валенки. Но я вышла на прогулку. Зима. А валенки — самая теплая обувь.

Я редко встречала Нину на дорогах поселка. Казалось, она не выходит из-за своего забора.

Нина считала наш поселок опасным в смысле сплетен. Лично я считаю, что сплетни — полезная вещь. С помощью сплетен осмысляется действительность, делается сравнительный анализ, выводы. Без сплетен просто не обойтись. В какой-то степени литература и живопись — это тоже сплетни. В них видны комплексы творца.

Однажды Нина сказала мне:

— Я боюсь будущего.

Я удивилась. Их любовь процветала, ничто не предвещало беды. Потом я догадалась: будущее иногда подает сигналы в настоящее.

Нина заболела. Началось с того, что ей стало трудно глотать.

Она долго не шла к врачу. Предчувствовала плохое. Когда решилась и все-таки пошла к хорошему специалисту, ей было сказано: рак пищевода в последней стадии.

Какие могут быть варианты? Смириться и медленно умирать либо бороться и не сдаваться.

Нина предпочитала первый путь. Она была хороший редактор и предвидела финал любого сценария.

Эльдар настоял на втором: согласиться на операцию, бороться и не сдаваться.

Операция шла долго. Доступ к пищеводу очень сложный.

После операции Нина вернулась в поселок. Она похудела и буквально качалась на ветру.

Мы встретились на дороге. Надо было что-то сказать.

— Ты выглядишь как пятнадцатилетняя девочка. — Это был комплимент.

— Ну да… — неопределенно согласилась Нина. Ее лицо было замкнутым.

Нина понимала, что «век ее измерен». Нина выиграла в любви, но любовь — это не вся жизнь. Это только часть жизни. А вся жизнь уходила из нее.

Эльдар повез Нину в Германию. Немецкая медицина ушла далеко вперед.

У Фриды в Германии была квартира. Она предоставила ее Эльдару, чтобы он не тратился на отель. Весьма дружественный жест.

Немецкий врач осмотрел Нину и сказал Эльдару:

— Немедленно возвращайтесь в Москву. Ваша жена может не успеть пересечь границу.

Разговор шел через переводчика.

Нина и Эльдар вернулись.

Надеяться было не на что. Оставалось просто ждать конца.

Для Нины стало главным — не омрачать жизнь любимому Элику. Она думала о нем, а не о себе.

Последнее время при Нине был ее сын от первого брака Коля — высокий красавец, вылитый отец. Коля выносил ее на руках к обеду. Эльдар не должен обедать один. Полагалась совместная трапеза.

Нина не позволяла себе никакой депрессии, не втягивала Эльдара в свое состояние.

Но однажды она обратилась к нему с просьбой:

— Сделай мне укол.

Эльдар понял, что речь идет об эвтаназии. Нина не могла и не хотела больше длить мучительную дорогу в один конец.

— Я не могу взять это на себя, — ответил Эльдар.

— Я хочу уйти, — объяснила Нина.

— Ты уйдешь, а мне с этим жить. Нет.

Нина решила никого не втягивать и самой сделать укол. У нее был припасен необходимый препарат. Она заранее обо всем позаботилась.

Возле моего дома в Москве располагалось шведское посольство. Меня часто туда приглашали, и я охотно присутствовала.

Одно время послом Швеции был милый человек, не помню его имени и его самого плохо помню. Самым запоминающимся персонажем была жена посла. Она постоянно пребывала в глубоком запое и появлялась на приемах нечесаная, в домашних тапках и с виноватой улыбкой. Понимала: что-то не так, но ничего не могла с собой поделать.

Гости делали вид, что ничего не замечают.

Я думала про себя: «Вот это настоящая демократия». Посол, равно как и его жена, — это лицо страны. Лицо не должно быть пьяным в стельку. А тут — ничего. Каждый живет как умеет.

На приемах я встречала статусных русских, в том числе режиссера Марка Розовского, критика Василия Катаняна.

Я спросила Марка:

— Хотел бы быть послом?

— Зачем?

— Тебе бы машину подавали к подъезду.

— Мне гораздо интереснее что-нибудь придумать и поставить на сцене, — ответил Марк. — А домой я и пешком дойду. Прогуляюсь.

Я задумалась. Мне не хватало в жизни роскоши. Я бы хотела и машину, и придумать.

Жена Васи Катаняна была подругой Нины. Она рассказала мне о ее последних распоряжениях: поминальный стол накрыть в их московской квартире, но предварительно произвести генеральную уборку. В квартире долго никто не жил. Пыль. Неудобно принимать гостей.

— Какое мужество надо иметь, чтобы так спокойно говорить о своих поминках, — задумчиво проговорила жена Васи.

— Это не мужество. Это другая реальность. Нина жила по законам новой реальности, — сказала я.

— Я этого не понимаю.

Понять действительно трудно, пока тебя это не коснется напрямую.

Маршак написал однажды: «Смерть пришла как дело и жизнью завладела».

Смерть приходит как дело. А дело надо завершить.

Эльдар обратился к Наине Иосифовне Ельциной, и она выполнила его просьбу: Нину похоронили на Новодевичьем кладбище. Могилу вырыли на метр глубже, чем положено. Зачем? Чтобы осталось место Эльдару. Он пожелал лечь с Ниной в одну могилу. Вместе навсегда.

Красивый финал большой любви.

Элла появилась в жизни Эльдара довольно скоро после смерти Нины. Буквально сразу.

Друзья, а особенно их жены бросали на Эльдара недоуменные взгляды, пытаясь понять: что сие означает?

Эльдар эти взгляды игнорировал. Что тут непонятного? Мужчина не приспособлен жить один. Женщина может, а мужчина нет. Тем более Эльдар. Ему некогда себе готовить, да он и не умеет. Не с кем словом перемолвиться, а Эльдар словоохотлив. Нужен собеседник. И ложиться в холодную пустую кровать тоже неприятно. Надо, чтобы ее кто-то предварительно согрел телом и словами, чтобы кто-то сказал: «Ты лучше всех, ты единственный».

Нина умирала долго. Ее болезнь не была секретом. Одинокие тщеславные дамы готовились к прыжку. Эльдар — лакомая добыча: знаменитый, богатый, с юмором, возле него открывалась совсем другая жизнь. У Эльдара был широкий выбор: актрисы, бизнесвумены, но он выбрал толкового администратора Эллу. Эльдар Рязанов — сложное хозяйство. Это целый холдинг, который надо обслуживать.

Внешность женщины — не последнее дело. Сексуальный тип Эльдара — Анни Жирардо. Ему нравились женщины худые и очень худые. Можно понять: толстые тяготеют к своей противоположности.

Элла была худая, с прекрасной фигурой, ничего лишнего. Она рано поседела и не красилась. Седые волосы, молодое лицо.

Я познакомилась с Эллой задолго до ее встречи с Эльдаром. Она привела ко мне молодого режиссера со Свердловской студии, и он снял фильм «Ты есть...» по моей повести.

Фильм получился, нахватал призы на фестивалях. Я ездила с ним в Израиль. Евреи пребывали в восторге.

На дворе перестройка, разруха, неопределенность, и непонятно, что впереди.

Киноцентр устроил премьеру. Я не люблю выступать перед залом. Люди пришли познакомиться с творчеством, и зачем, спрашивается, выходить на сцену и что-то хрюкать? Тем более я в себе не уверена. Еще скажу какую-нибудь глупость. А я ее обязательно скажу, и потом буду долго переживать. Мне это надо?

Я отказываюсь, как правило, но отказать Элле я не посмела. Я интуитивно чувствовала, что она хороший, незащищенный человек, и ее надо поддержать.

Показ прошел с успехом. После показа Элла пригласила меня на банкет.

Этот банкет я помню до сих пор: кабинет, письменный стол, накрытый газетой. На нем порезана варено-копченая колбаса, бородинский хлеб, перья зеленого лука и помидоры. Всё. Вокруг стола уселись известные актеры, еще какие-то славные гости.

Я подумала тогда: «Чем такой банкет, лучше никакого». Но я была не права.

Колбаса оказалась изумительно свежей, хлеб ароматным, помидоры пахли солнцем и характерной помидорной рассадой. Возможно, я была просто голодная, не знаю. Но я редко получала такое удовольствие от застолья.

Беседа текла ненавязчиво, интересно и дружески. Может быть, просто собрались хорошие люди, сидели скученно друг у друга на голове, и вот эта сплоченность согревала. А может быть, грел успех. Хорошо сделанная работа плюс признание.

Богатый стол исключался, потому что государство нас всех бросило. Киноцентр имел нулевое финансирование, и даже колбасу с хлебом купить было не на что. Это была личная трата Эллы. Теплая душа.

После застолья я засобиралась домой. Элла пошла проводить меня к лифту. Я посмотрела на нее внимательно:

— Элла, я всегда завидовала худым, но ты, по-моему, слишком усохла. Тебе надо поправиться хотя бы килограмма на три.

— Я никому не говорила, но тебе скажу. Я голодаю, — созналась Элла.

— Как это? — испугалась я.

— Перестройка, — объяснила Элла.

— Но это же не интервенция…

Подошел лифт. Мне ничего не оставалось, как войти в лифт и уехать.

Через месяц я зачем-то позвонила в кино-центр и попросила Эллу к телефону.

— Она ушла с работы, — был ответ.

— Почему?

— По семейным обстоятельствам.

Семейным обстоятельством оказался Эльдар. Он не тянул резину, не проверял своих чувств. Это было другое время и другая реальность. Эльдар остался один с разорванным сердцем. Он тонул, и ему нужен был спасательный круг.

И Элле тоже нужен был спасательный круг, и она за него уцепилась.

Я стала встречать Эллу на Восточной аллее. Мы живем в противоположных концах этой улицы. На лице Эллы средиземноморский загар. На плечах «Версаче» и «Кристиан Диор». В глазах — покой и уверенность в завтрашнем дне.

Я поздоровалась с Эллой. Я сказала:

— Привет, Золушка…

У нее действительно была судьба Золушки. Сказка наяву. Эльдар — принц, хоть и толстый. Среди прочих талантов имел талант быть хорошим мужем. Он умел любить свою женщину, наряжать ее, баловать, прославлять, громко объявляя о своей любви. Видимо, его мама воспитала в нем настоящего мужчину. Ибо настоящий мужчина — это не альфа-самец в шляпе сомбреро и на коне. Настоящий мужчина — тот, кто отвечает за свою женщину, бережет ее и несет ответственность. Таких мужчин надо заносить в Красную книгу.

Эльдар без промедления женился на Элле и привез ее на фестиваль уже в качестве жены. Дело было в Санкт-Петербурге, фестиваль назывался «Золотой Остап».

Нина умерла недавно. Все собирались приносить Эльдару свои соболезнования, а он — здрасьте вам, с новой женой.

У всех глаза на лбу. Элла смущается, а Эльдар обнимает ее за плечи, дескать, держись, я здесь.

Город устроил прием в ресторане «Астория». Я помню число: 20 ноября. Это день моего рождения. Со сцены объявляют об этом торжественном событии, музыканты поют «Хэппи бёз дэй ту ю». Ведущий дарит мне плюшевого медведя в полтора метра высотой. «Пылесборник», — подумала я, но сказала спасибо.

Ко мне подошел Эльдар и тепло поздравил. Оказавшись рядом, я посмела проявить любопытство. Я сказала:

— Эльдар, когда умерла Нина, я боялась тебе звонить. Я думала, ты лежишь на полу в море слез. А ты… Как это ты выкрутился?

Эльдар нахмурился, стал смотреть в пол. Мрачно ответил:

— Да. Выкрутился.

Видимо, этот вопрос задавала ему не я одна.

Интересно, как сама Нина отнеслась бы к тому, что произошло? Обиделась? Или наоборот — обрадовалась? Пусть ее Элику будет хорошо. Пусть он ни одного дня не отдаст черту. А к ней, к своей главной любви, он все равно вернется и ляжет сверху. Нина услышит его желанную тяжесть, крепко обнимет, как прежде, и они уплывут в вечность. Вместе и навсегда.

Старость не делает исключения никому. Она портит человека, сушит мозги, забивает сосуды.

Эльдар снял фильм «Карнавальная ночь — 2». Лучше бы не снимал. Первая «Карнавальная ночь» не померкла. Фильм и сейчас хорошо смотрится. Ремейк редко бывает лучше оригинала. Невозможно дважды войти в одну и ту же воду.

Я иногда думаю: «Зачем снимают ремейки?» Плохой фильм повторить легко, хороший — трудно. А гениальный — невозможно.

Старость преподнесла Эльдару боль в спине. Эльдар всегда был толстым, и позвоночник устал.

Его последние годы были мучительными. Однако все кончается вместе с жизнью. Эльдар умер. Ему было восемьдесят восемь лет.

Похоронили его на Новодевичьем кладбище, но не в одной с Ниной могиле. Элла не допустила. Можно понять. Она прожила с ним двадцать лет, служила верой-правдой, и хотела остаться в памяти потомков его вдовой, а не спасательным кругом.

Эльдара похоронили на отдельном участке.

Элла его навещает, ухаживает за могилой, поливает цветы и рассказывает: что нового в стране, в поселке и как идут дела в их киноклубе «Эльдар».

владимир войнович

Лето. Полдень.

Открывается калитка, входит мой сосед Владимир Войнович, рядом с ним мужчина с проседью — худой, носатый, симпатичный. Сразу видно — работник умственного труда.

Как ни странно, интеллект сразу заметен.

Я стою перед домом и смотрю на гостей.

— Знакомься, — предлагает Войнович. — Это Винфрид. Немецкий переводчик. Можешь называть его Винни.

Я киваю головой и протягиваю руку. Представляюсь. Перевожу свой взгляд на Войновича. В моих глазах читается вопрос: зачем явился? Почему не предупредил?

Володя отводит меня в сторону, негромко объясняет:

— Мне его некуда девать. Я его у тебя оставлю.

— А мне он зачем? — интересуюсь я. — Что я с ним буду делать?

Первая половина дня нужна мне для работы. На моем столе разложена рукопись, которая ждет и взывает.

Если Володя оставит Винфрида, день пропал. Я никому не разрешаю приходить раньше трех часов дня.

— Забирай своего немца, — тихо сказала я. — Иначе я пожалуюсь Сонечке.

Сонечку он боится.

Я предлагаю гостям вино и фрукты. Обедать — рано. Завтракать — поздно. А фрукты в самый раз.

Правила гостеприимства соблюдены.

Мы садимся за стол на открытой террасе. Вокруг нас природа Подмосковья: ели, белые березы. Кстати, в Германии точно такие же березы. Почему их связывают только с образом России?

— Кто вас переводит? — интересуется Винни.

Я называю свою переводчицу фрау Бауман.

— Не знаю, — говорит Винни.

Моя переводчица — славистка со сложным, довольно поганым характером. Прямолинейная, как бревно. Я знакома с ней как с человеком, а как переводчица она мне неведома. Я ведь не читаю по-немецки.

— Автор и переводчик должны быть сделаны из одного теста, — говорит Винни. — Они должны одинаково слышать жизнь.

Винни говорит с акцентом, как прибалт. Все понятно, но видно, что русский — это не его родной язык.

— Талантливый переводчик такая же редкость, как талантливый писатель, — замечает Володя.

В одной из повестей у меня есть фраза: «Она смотрела на него растерянно, как княжна Мери».

У Лермонтова Печорин целует княжну Мери посреди ручья, а дальше делает вид, что ничего не случилось.

Моя переводчица переводит: «Она смотрела на него, как королева Мэри».

Взгляд королевы — это же совершенно другой взгляд. С превосходством, сверху вниз.

Мне становится ясно: моя переводчица не читала «Героя нашего времени» и поленилась уточнить, кто такая Мери и чем княжна отличается от королевы.

Моя переводчица — халтурщица, что совершенно недопустимо в переводе.

Хороший переводчик — совсем другое дело. Перед тем как приступить к переводу, он пропитывается автором, как маринадом, и только после этого приступает к переводу.

Фрау Бауман зарабатывает переводом на жизнь, поэтому не заморачивается.

В одном из моих рассказов героиня после облучения с лысой головой бежит по перрону, пытаясь догнать любимого человека. Трагедия: она умирает, он уезжает. Я написала эту сцену сдержанно, без пафоса. Героиня бежит в халате, без парика, с голой головой и в этот момент похожа на ЯПОНЦА. Фрау Бауман переводит: «Похожа на японку». И все. Образ валится. Японка лысой не бывает. Она обязательно с волосами, с определенной прической. Кульминация рассказа — псу под хвост.

Мне хотелось плюнуть в рожу моей переводчицы, но я этого не сделала и ничего не сказала. Я подумала: «Русских авторов покупают вяло. Какая разница, как прочтут меня четыре немца где-нибудь в Гамбурге или в Штутгарте?»

Но это неправильно. Большая разница, как прочтут даже четыре немца.

Звонит телефон. Я отхожу, сокращаю разговор до предела. Слышу, как Винни спрашивает:

— А Токарева пьет?

— В каком смысле? — не понимает Володя.

— В смысле алкоголя.

— В этом не замечена.

Моя дочь любит повторять: «Мама сорок лет прожила в искусстве, но так и не научилась пить и курить».

Я действительно не пью и не курю. Снаряжая в жизнь, Создатель не положил этого в мою корзину. Отсюда я делаю вывод: дело не в среде обитания, а в генах. В моем роду ни у кого не было вредных привычек, если не считать вредной привычку писать прозу, водить пером по бумаге, ставить слово после слова.

Через полчаса Володя уходит и уводит Винфрида.

У Винфрида месячный отпуск. Он решил попутешествовать по России, по ее северу и югу. Винфрид хорошо знает русскую литературу, влюблен в русскую классику и современность. Современность тоже когда-нибудь станет классикой.

Винни решил навестить знакомых писателей, как можно более насыщенно провести этот «русский месяц». Как можно больше пропитаться Россией.

Они идут к Володиному дому.

— Токарева алкашка, ты просто не в курсе, — говорит Винфрид.

— С чего ты взял?

— Она приезжала к нам в Гамбург, и мы не могли отправить ее домой. Несколько раз меняли билет.

Володя сообразил, в чем дело: появилась новая писательница, похожая на меня внешне. Брюнетка с челкой. Она изо всех сил старалась держаться, но когда развязывала — полностью сходила с резьбы.

Я ее наблюдала в состоянии запоя. Караул. Винни нас перепутал. Видимо, не вглядывался.

Алкоголизм — такая же болезнь, как диабет, например. Но диабет никому не мешает, кроме хозяина болезни. А алкоголизм мешает всем вокруг. Все втянуты в процесс, и это большое неудобство для окружающих.

— Ты что-то путаешь, — говорит Володя.

— Ты просто не знаешь. Токарева напивается как сапожник. Она — алкашка. А с виду не скажешь.

Прошло несколько месяцев. Я увидела в доме Войновича книгу на немецком языке. Немцы издают очень красивые книги.

— Это Винни перевел? — спросила я.

— Да. Это его последняя книга.

— Почему последняя? — удивилась я. — Он же не старый.

— А ты не знаешь?

— Чего?

— Винни поехал на Домбай, и там его украли чеченцы.

— Ужас… — испугалась я. — И что дальше?

— Потребовали выкуп два миллиона долларов. Но Винни одинок. Семьи у него не было. Выкупать некому.

— А правительство?

— Правительство промолчало. Кто такой Винни, чтобы за него платить такие деньги?

Чеченцы подождали и убили. Зачем зря кормить?

— Как убили? — оторопела я.

— Так. Убили.

— Неужели им не жалко человека?

Мне стало душно. Я вышла во двор.

В темном небе плыла одна-единственная звезда, и я не могла понять: что это? Самолет? Спутник? Или действительно звезда? Тогда почему одна? Где другие?

А может быть, это душа Винфрида продолжает свой отпуск и смотрит на Россию с высоты. Оттуда лучше видно.

Владимир Войнович поселился в нашем поселке десять лет назад. До этого он жил в Мюнхене. А точнее, он жил на две страны: Россия и Германия.

Забегу назад.

Мы познакомились в шестидесятых годах. Мне было двадцать два года, ему двадцать семь.

Я притащилась в литературное объединение Клуба железнодорожников, где он выступал, и сунула ему две страницы текста. Это была миниатюра для киножурнала «Фитиль».

Володя стоял маленький, глазастый, знаменитый. Это была пора его восхождения на литературный олимп. Он написал повесть «Мы здесь живем», которую я запомнила наизусть.

Ее и запоминать не надо. Она сама отпечатывается в мозгу раз и навсегда.

Первая профессия Войновича — плотник. Он окончил ПТУ (профессионально-техническое училище), работал на стройке, был женат на малярше Вале Болтушкиной, имел двоих детей. Писал рассказы, посещал литературное объединение при Клубе железнодорожников.

Володин друг Камил Икрамов стал добровольным редактором, поводырем и мастером. Камил — гениальный редактор милостию Божией.

Если бы Володя не имел таланта, никакая редактура не помогла бы. Но здесь сошлись два уникальных таланта: писательский и редакторский.

У Камила была жена Ирина. Володя считал, что она похожа на Нефертити. Мне казалось, ничего общего. Но я — не Володя. Он смертно влюбился в Ирину, буквально сошел с ума. Он мог думать и говорить только о ней. Именно в этот период я сунулась к нему со своими двумя страницами.

Володя прочитал и сказал:

— Твоя сила в подробностях. Пиши подробно.

Я пришла домой, переписала подробно. Получился рассказ «День без вранья». Его напечатали, и я стала литературной звездой.

Я подарила Володе свою фотокарточку. Он повесил ее в своем задрипанном «запорожце».

Я его совершенно не интересовала. Все делалось для того, чтобы Ирина заревновала. Она должна была испугаться, что Володю перехватят.

Володя мечтал отбить Ирину от мужа, но Ирина упиралась. Она была порядочная девушка, и совесть не позволяла ей «кинуть» Камила, тем более что он так доверял Володе и так много сделал для него.

Володя дружил с писателем Тендряковым, который жил на даче в поселке «Советский писатель».

Однажды Ирина ждала его у Тендряковых, и Володя устремился к ней на крыльях любви и на своем верном «запорожце». И вдруг... Володя увидел, что разобран мост. Внизу — не помню точно — то ли река, то ли овраг. То и другое очень низко, буквально пропасть. От моста ничего не осталось, только две широкие рельсы. Кажется, они называются «швеллер». А может, и нет, но дело не в этом.

Володя постоял, подумал, и — вперед. Шансов проехать меньше, чем шансов свалиться в пропасть. Это был цирковой номер без страховки. Но... минута, и Володя на другом берегу. Еще пятнадцать минут, он на пороге Тендряковых.

— А как ты проехал? — поразились хозяева.

— По мосту, — сказал Володя.

Не поверили. Побежали смотреть. Увидели две рельсы. Осознали подвиг влюбленного Вертера. Ирина была сражена. Этот подвиг плюс литературная слава плюс моя фотокарточка... Ирина ушла от Камила к Володе.

У них родилась девочка Олечка. Выросла в красавицу. Частично похожа на Володю, но обошлось.

Их счастье было осложнено Володиным диссидентством. Ему перекрыли всякий заработок. На что жили — непонятно. Ирина преподавала в школе, она была очень хороший, просто прекрасный педагог. Ее учеником был Егор Гайдар.

Володю преследовали, пугали, травили, а потом и вовсе выдворили из страны.

Валя Болтушкина осталась с двумя детьми. Трудилась на двух работах. Надорвалась и довольно рано умерла.

Володя не дал ей счастья. Бросил на полдороге и ушел своим путем. Общество получило от него много: солнечно талантливые книги, борьбу за свободу, высокие принципы, самопожертвование. Он вел рабов к свободе, как Спартак. Но конкретно Валя Болтушкина попала под колеса его колесницы. Так бывает с первыми женами. Сын Паша рассказывал мне, как однажды пришел на могилу матери, стал поправлять памятник. Размешал цемент, укрепил то место, которое покосилось. И в этот момент прилетела птица и села на ограду. Она стала радостно щебетать, трепеща крыльями. Она как бы приветствовала Пашу, и он понял: это мама. Ее душа узнала сына и радуется.

Может быть, Валя Болтушкина была простовата для писателя Войновича и внешне и внутренне. Но она была женщина, и тоже хотела счастья.

Володя жил в Германии. Много работал, написал новые книги, в том числе книгу о Солженицыне. Он критиковал культ личности Солженицына. Я не сомневаюсь в том, что критика справедлива. Солженицын именно таков, каким его видит Владимир Войнович. Однако Солженицын — миф, а мифы не разоблачают.

Солженицын раскачал общество, неподвижное как лежачий камень, под который вода не течет. Солженицын сдвинул этот камень с места, и потекла вода и свободомыслие. Солженицын конечно же сыграл свою громадную неповторимую роль, при этом он был мученик: сидел в сталинских лагерях, умирал от рака, не боялся преследования. Однако постепенно он превратился в самоуверенного «пророка», так что Войнович прав и не прав одновременно.

Я вспоминаю, как Солженицын возвращался в Россию в окружении Би-би-си. Он думал, что все выбегут ему навстречу и падут ниц. Он думал, что он — мессия. А людям было не до него. Страна развалилась. Жрать нечего. В магазинах только сливочное масло и минеральная вода. И все эти Би-би-си — не что иное, как декорация.

Ирина тяжело заболела. Она долго и отчаянно боролась со своей болезнью.

В этот период я приехала в Мюнхен. Меня пригласили выступить перед русскими эмигрантами.

Я увидела Тамару Жирмунскую, которая нисколько не изменилась: тот же голос, те же проблемы.

Увидела Ирину Войнович. Она была после химии. Ее золотые волосы выпали, а вместо них выросла светлая пакля.

Лицо было оливкового цвета, — спокойное и грустное. Но выявилось ее поразительное сходство с Нефертити. В этот период Ирина была красива по-настоящему.

Ирина достойно и мужественно встречала свой конец. Володя написал об этом в своей книге «Автобиография». Глава, посвященная Ирине, — это образец совершенной прозы.

Жизнь с Ириной не была безоблачной и ровной, как любая совместная жизнь. Но в конце он любил ее так же, как в начале. Всей душой и всем сердцем. И готов был отдать за нее свою жизнь, но кто же обменяет?

Я живу в дачном поселке на улице Восточная аллея. В самом ее конце. А с другой стороны, в самом начале, живет моя подруга. Не хочу называть ее настоящее имя. Пусть будет Сонечка.

Ее знак зодиака — Лев. Лицо — бесстрастное, невозмутимое. Голос — на одной ноте. У нее нет слуха.

Сонечка замкнута, но в ней незримо присутствует какая-то настоящесть, — то, что можно назвать «удельный вес».

Есть люди без удельного веса. Их тянет вверх, как пузыри. Всплывают и лопаются. И нет их. Такие люди видны. И люди с удельным весом тоже видны. Тяжесть золота в руке. В Сонечке ощущается некая драгоценность. Возле нее хочется задержаться подольше. Сам становишься если не золотым, то позолоченным. Рядом с ней хорошо, как будто входишь в теплое море — тугое и блаженное. Море — это праматерь всего. И кровь солоновата, как море. А может, кровь — это и есть море.

В природе за добычей отправляется львица. Она охотится и кормит льва. А лев разрешает себя кормить. Такое очень часто и среди людей. Сегодняшняя семья в большинстве своем держится на женщине.

Сонечка — львица. Она охотится и добывает. Бизнесвумен. Куда-то каждый день ездит на машине с шофером, два часа в один конец. Откуда-то возвращается. Охотится. Это у нее в крови. Ее предки по матери были знаменитые армянские купцы. Так что добыть и принести в зубах — наследственное.

У Сонечки умирает муж. У мужа было имя и фамилия, но Сонечка называла его «роднуля», — так что имени и не надо. Роднуля, и все.

Я его плохо знала. Помню только, что он всегда улыбался. Значит, был счастлив. Умер он в семьдесят четыре года. Мог бы еще пожить лет десять, но не получилось. Сонечка осталась одна, а это недопустимо. Она совершенно не была приспособлена к жизни в одиночестве. Ей надо было жить для кого-то, но не чужого, а своего. Сонечка — львица, которой нужен лев. В этот период ее жизни мы сдружились.

Сонечка страдала и плакала. Она не могла жить для себя одной. Была необходима любовь в обе стороны: к ней и от нее. А когда ни к ней, ни обратно, то что остается? Потомство? Но у них своя жизнь. Деньги? Но они не могут заменить счастье. Деньги — это только свобода.

Я решила принять участие в жизни Сонечки. Я вообще с удовольствием лезу в чужую жизнь, когда не просят. А когда просят — тем более.

Я позвонила Войновичу в Германию. Я спросила:

— Как ты живешь?

— Как одинокий человек, — ответил он.

— Ты не должен быть один. Возле тебя должна быть женщина: добрая, умная и богатая.

— А такие бывают? — удивился Володя.

— У меня такая подруга. Я хочу вас познакомить.

— А тебе это зачем? — поинтересовался Володя.

— Альтруизм. Почему не сделать двоих людей счастливыми, тем более мне это ничего не стоит.

Все кончилось тем, что Володя переехал на Восточную аллею и стал моим соседом. Это был прежний Володя и одновременно новый.

Во-первых, он влюбился. Я это наблюдала своими глазами. Однажды мы втроем отправились гулять. Сонечке понадобилось отойти по делам. Она ушла, и Володе стало сразу все неинтересно. «Земля пуста, белый свет потух». Сонечка унесла весь воздух и свет. В Володе будто выключили освещение. Темно, ничего не надо.

«Любви все возрасты покорны». Это правда. Это не фраза.

Вокруг них загудела зависть.

Я заметила: любовь — это космический полет на другую планету. Земля не любит отпускать своих детей, давит перегрузками, держит, буквально расплющивает. Так и человеческое сообщество: не отпускает в счастье. Держит. Зависть — мощное чувство. Ее подруги доживают, а Сонечка живет полной жизнью. Все хотят любви. Но хотеть — мало. На счастье надо работать. Уметь любить — это талант не меньший, чем любой другой. Сонечка талантлива в любви. Музыкального слуха нет, а слух любви — абсолютный.

Молодоженам не хватало общих детей. Взяли щенка.

Возле шлагбаума при въезде в поселок образовалась стая бездомных собак. Каждое утро кто-то из охранников привозил из дома целую кастрюлю похлебки. Собаки были сыты и счастливы.

Среди стаи Володя приметил щенка — черного, кудрявого, смешного, как медвежонок. Охранники с удовольствием отдали малыша в хорошие руки. Володя назвал его Чук.

Чук попал в рай: еда, вода, прогулки, любовь.

Однажды я увидела Володю, выходящего из дома, как беременная баба на сносях. Из-под куртки торчал черный кожаный нос Чука. Я догадалась, что Володя боится его простудить и сунул в тепло, ближе к телу.

— Ты с ума сошел? — спросила я. — Он же тяжелый.

Чук весил не меньше тридцати килограммов.

— Он ребенок, — ответил Володя.

Я поняла: Володе не хватает заботы о маленьком. Нужен был внук. Но внуков не намечалось.

Чук жил в раю, но однажды пропал. Прочесали весь участок и близлежащие окрестности. Пропал. Как корова языком слизала.

Через несколько дней Чук обнаружился в прежней стае возле шлагбаума. Оказывается, он просто сбежал. Ему не нужен был чужой рай. Ему была нужна его историческая родина, — там свобода, там мама, сестры, там компания, друзья, похлебка с колбасой. А искусственный рай Сонечки ему не подходит.

— Свинья! — обиделась Сонечка, имея в виду Чука.

— Ему там лучше, — заступился Володя. Писатель — инженер человеческих душ, в том числе и собачьих.

Через какое-то время Сонечке подарили породистую маленькую собачку, которая умела подпрыгивать выше человеческого роста. У нее было красивейшее лицо. О таком облике невозможно сказать «морда». Собака не линяла, ничем не пахла, ее можно было целовать в ее прекрасное лицо. Собака умела улыбаться, выражать восторг и постоянно лезла на колени. Ее назвали Нюша, как героиню книги про Чонкина.

Володя, как Чук, тоже попал в рай, но сбегать не собирался. Я подозревала, что при такой жизни он перестанет быть правозащитником. Сытая жизнь делает человека равнодушным. Но нет. Володя не стал равнодушным. Он другой, чем все. Он не может видеть несправедливость. Это его социальный характер. Он будет кукарекать и наскакивать грудью вперед, как бойцовый петух. Может быть, ему больше подойдет сравнение с буревестником. Но буревестник — это пафос, а писатель Войнович предпочитает юмор.

Наступил день рождения Сонечки.

— Еще один год с тобой, — тихо проговорил Владимир Николаевич.

Каждый год с любимым человеком — это ли не счастье?

Однажды я спросила у девяностолетнего Михалкова:

— Трудно быть старым?

Он ответил:

— Смотря кто рядом. Меня любят.

На Луне невозможно жить, потому что там нечем дышать.

Тот, кто рядом, — это и есть воздух, вернее, кислород.

Когда любишь и любим — легко дышать.

Меня позвали на день рождения.

Я приперлась и скромно села в конце стола. Я не люблю выпячивать себя.

Началось чествование. Как говорил Окуджава, «собирайтесь-ка, гости мои, на мое угощенье, говорите мне прямо в лицо, кем пред вами слыву».

Все по очереди стали говорить Сонечке в лицо, какая она красивая, умная и молодая. Я решила добавить эпитеты: желанная, сексуальная, женственная. Но мне необходимо было маленькое предисловие. Все-таки я писатель, и устный жанр тоже должен быть на высоте. Я решила поведать собранию: как я их познакомила и как Володя вначале не хотел, а теперь счастлив от макушки до пят. Это драматургия: от минуса к плюсу, от страдания к радости, через тернии к звездам. Я надеялась, что Сонечка подхватит мое знамя, прилюдно скажет спасибо и воспоет мне осанну. Я люблю аплодисменты в свой адрес, хотя я по гороскопу Скорпион. Гороскоп не имеет значения. Все любят, когда их любят.

Сонечке есть за что меня любить: из моих рук она получила законного мужа, и не какого-нибудь замухрышку, а САМОГО ВОЙНОВИЧА.

Я предвкушала аплодисменты в свой адрес, но Сонечка вдруг напряглась и обиделась.

Я ничего не поняла.

Потом поняла. Оказывается, Володю и Сонечку соединил сам Господь Бог, для этого он высыпал на небе хрустальные звезды, которые встали в нужном рисунке. И вот эти звезды привели их друг к другу, а не какая-то жалкая человеческая особь, сидящая в конце стола.

Мне был дан знак: сиди и не чирикай.

Ну хорошо. Могу и не чирикать.

Я выхожу на прогулку и в конце аллеи вижу троицу: Сонечка, Володя и собака. Над ними купол любви. Купол не виден, но ощущается. Все любят всех. Володя любит собаку, собака — Сонечку, Сонечка — Володю. И в обратном порядке: Володя — Сонечку, Сонечка — собаку, и по кругу, не прерываясь.

И я вдруг осознала: их действительно свел Господь Бог. Бог позвал Судьбу, Судьба высыпала на небо хрустальные звезды, по этим звездам, как Мальчик с пальчик по камешкам, Володя нашел свое счастье.

А я действительно ни при чем.

юрий нагибин

Юрий Маркович Нагибин входил в редколлегию журнала «Наш современник».

Этот журнал объединял вокруг себя писателей-деревенщиков, которые писали о проблемах русской деревни. Эти писатели жили в глубинке, не обращали на свой внешний вид никакого внимания.

Пушкин говорил: «Быть можно дельным человеком и думать о красе ногтей».

Писатели-деревенщики о красе ногтей не думали и выглядели, как пьющие мужики, коими они и являлись.

Юрий Нагибин на их фоне казался заморской птицей в стае ворон. Он был красив, одевался дорого и со вкусом. Барин.

Члены редколлегии подозревали в нем еврейскую кровь и относились недоверчиво.

Юрий Маркович — русский по матери, но все-таки он был Маркович, и это настораживало.

Антисемитизм процветал в «Нашем современнике» и был не полезен его носителям. Как всякое негативное чувство, он портил здоровье, выжирал талант.

Нагибин меньше всего походил на еврея, скорее на татарина. Но все это не имело никакого значения. Он был талантлив, знаменит, богат, красив и женат на Белле Ахмадулиной. Что еще надо человеку?

Я познакомилась с Юрием Марковичем на «Мосфильме». Он был старше меня лет на двадцать и казался мне старым. Сейчас, в наши дни, двадцать лет — нормальная разница, даже маленькая. Недавно по телевизору Малахов демонстрировал разницу в пятьдесят лет. И ничего, все счастливы.

В первую нашу встречу Нагибин почему-то рассказал мне о том, как он недавно подрался. Я спросила:

— А вы не боитесь драться?

Все же неприятно получить кулаком в нос. И больно. Искры из глаз.

— В драке главное — готовность драться.

Прошла целая жизнь, а я запомнила эти его слова. И поверила в них. Готовность к драке — как аппетит перед обедом. Хочешь есть — будешь есть.

В ту пору Юрий Маркович был женат на Белле Ахмадулиной. Беллочка пребывала в большой моде: талант плюс красота, то и другое высочайшего градуса.

Сам факт того, что Белла выбрала Юрия Нагибина, поднимал писателя в глазах общественности. И я смотрела на него как на обладателя Шамаханской царицы, хотя главное в Нагибине не жена, а его собственная ошеломительная, неповторимая проза.

Юрий Нагибин — златоуст. Впечатление, что его словарный запас иной, чем у обычного человека. У среднего обывателя тысяча слов, а у Юрия Нагибина — миллиард. И он жонглирует словами, как виртуоз. Слушать его — счастье. Когда он говорит, то корабли на море разворачиваются и меняют курс, как от пения сирен.

Писатель Георгий Семенов (ныне забытый) прочитал мой первый рассказ «День без вранья» и принес Нагибину. Для чего? Чтобы сверить впечатления.

Нагибин прочитал и сказал:

— Пишут все, а она писатель.

Юрий Маркович написал предисловие к моему первому сборнику. Мне кажется, это предисловие талантливее, чем вся моя книга. Я помню его наизусть. И дело не в хвалебном содержании, а в том, какие он находит слова и как их расставляет.

В те времена я была молода, училась в Институте кинематографии на сценарном. А перед этим преподавала фортепиано в музыкальной школе.

Я не любила процесс обучения, а он не любил меня. Я была плохой педагог, вернее, серый. Не творческий.

Я ненавидела свою жизнь, и мое будущее казалось мне пустыней. Под ногами — песок, над головой — небо, и никакого иного пейзажа. Песок и небо. И ты шагаешь из года в год до гробовой доски. Хочется повеситься. Никакая любовь не спасет. И вдруг тебе говорят: «Ты писатель». Пустыни как не бывало. Жизнь — Лас-Вегас, сверкающий огнями, кока-кола, ковбой на арабском скакуне. А еще точнее: никакого Лас-Вегаса, никакого ковбоя, а письменный стол и тишина, и хорошая ручка с золотым пером, и открытые каналы на темени. Каналы принимают космос, а ты — посредник между космосом и людьми. Это и есть писатель.

Мы сидим на его даче за столом. Какой-то праздник. Может быть, день рождения, хотя вряд ли.

За столом все жены Юрия Марковича, их штук пять. Здесь же последняя жена Беллочка. Она создала красивые бутерброды, сверху каждого — зеленый кружок свежего огурца.

Время от времени одна из жен выскакивает из-за стола и бежит на кухню рыдать. Порыдала и вернулась с опухшим лицом.

Можно понять. Все остальные мужчины рядом с Нагибиным — серые и тусклые. Скучища.

Вокруг стола бродит породистая собака. Ей дают бутерброд, но чаще она берет его сама прямо с тарелки, не дожидаясь подачки.

Я сижу и поражаюсь этой жизни, для меня непривычной. В моем понимании прежние жены остаются за кадром и в гости к ушедшему мужу не ходят. И собаки знают свое место и не суют морды в общие тарелки.

Какая жизнь правильнее: моя или нагибинская? Моя течет как у людей, существуют табу: что-то можно, что-то нельзя, дети, пеленки, заботы. А в нагибинской жизни можно все, не существует никаких запретов. Можно приставать к своей теще (повесть «Моя золотая теща»). И теща готова «крутить» с зятем, мужем своей дочери. Что это за люди? Они не боятся греха и не стесняются себя. Этакое расхристанное существование. Причина — пьянство. Такое поведение могут позволить себе люди нетрезвые, которым море по колено. Мозги отравлены токсинами алкоголя. Снижены все реакции, а бывает — просто стерты. Многопьющие люди не помнят и не ведают, что творят.

Я не ханжа, но мне такое бытие кажется недопустимым и даже опасным.

Однако в творчестве Нагибина важно не ЧТО, а КАК. Не содержание, а форма.

Нагибин — гений слова. Он находит слова и расставляет их так, как будто его рукой движет высшая сила. Просто человек на это не способен. Один хороший писатель отозвался о Нагибине: «Безрелигиозное мышление».

Позже я читала его дневники. Он страдал невыносимо. И я поняла: вот оно — возмездие за грехи. Вот он — ад. Ад приходит к человеку не после смерти, а при жизни. Ближе к концу.

В начале жизни человек может разрешать себе многие безобразия. И при этом легко себя простить, сказать себе: «Ну и что?»

А на исходе дней это «ну и что?» всплывает и жжет душу. И хочется вернуться обратно в прошлое и все исправить. Но…

С Беллочкой Юрий Маркович расстался. На эту тему Белла написала такие стихи:

Прощай! Мы, стало быть, — из них,
кто губит души книг и леса.
Претерпим гибель нас двоих
без жалости и интереса.

Последняя жена Юрия Марковича Алла была умная, трезвомыслящая. Своего знаменитого мужа она тоже сделала трезвым человеком. И Нагибин увидел, как прекрасна нормальная человеческая жизнь и как прекрасна Алла.

Ко всему прочему Алла оказалась первоклассным дизайнером. Она как бы зачеркнула прежний дом, перестроила его, преобразила.

Я встретила в Италии режиссера, который работал с Юрием Марковичем. Он проговорил: «Каза…» — и закатил глаза. «Каза» в переводе «дом». Такой «казы», как у Юрия Марковича, не часто встретишь. Дело не в роскоши, а в количестве и качестве вкуса, который был вложен в эти стены.

Алла сделала веранду как аквариум. Одно сплошное стекло, но какое… Она везла его откуда-то из Прибалтики — цельный кусок хрустального тяжелого стекла. Красивый дом — идея фикс Аллы. И она ее постепенно воплощала.

Юрий Маркович гордился своей женой. Алла была похожа на Софи Лорен, — красивая, разумная, практичная. Она пришла к нему ТАКАЯ, как надо. И ТОГДА, когда надо.

Юрий Маркович был уже немолод. Прежний образ жизни подорвал сердце. Он много писал, писал постоянно. Когда наступал кризис и не о чем было писать, он создавал рассказ «Немота», — о том, как писателю не о чем писать. В сущности, все может стать темой для творчества, даже отсутствие замысла, даже нежелание работать.

Однажды мы оказались на каком-то приеме. Я давно не видела Юрия Марковича. Он постарел, но годы ему шли. Морщины были глубокие и делали его мужественным. Я спросила:

— Сколько вам лет?

Он ответил:

— Семьдесят три. Я стесняюсь.

Только он мог найти такой глагол: «стесняюсь». Это так точно и так по-детски.

Мы сидели за разными столами. Я — в углу, он — в середине зала. И когда я оглянулась, чтобы найти его глазами, то увидела его веселым, оживленным, в центре цветника. Вокруг его стола собрались самые красивые женщины. Юрий Маркович царил.

Я поняла: он стесняется возраста, когда остается сам с собой. А когда попадает в эпицентр внимания и восхищения, то расцветает моментально, становится молодым.

Я полюбовалась им и порадовалась абсолютно бескорыстно. Мне ничего от него не надо. Все, что он мог, он сделал для меня. Ему это ничего не стоило, а мне перевернуло всю мою жизнь в сторону света и смысла.

В своем дневнике Юрий Маркович писал: «Каждую ночь у меня обрывается и стремительно летит куда-то сердце. С криком, вздрогом я просыпаюсь и ловлю его на самом последнем краю. Но когда-нибудь я опоздаю на малую долю секунды, и это непременно случится, это не может не случиться».

Юрий Маркович угадал, каким будет его конец. Именно так он и умер. Он не проснулся в свое время утром. Алла решила дать ему поспать и не будила до обеда. Потом все-таки вошла и увидела, что он мертв.

Один из его поздних рассказов — про синего лягушонка. Точного названия не помню.

Нагибин пишет о том, как он умер во сне и явился на тот свет маленьким синим лягушонком. И дальше начинаются странствия этого симпатичного лягушонка. В конце рассказа его находит красивая лань, и кладет за правую щеку, и уносит в свое жилище.

Лань — не кто иная, как Алла, которая тоже попала на тот свет в свое время. Она узнала в лягушонке любимого человека, положила за правую щеку, и они снова вместе.

Конец у рассказа жестокий, но не это важно.

Дальше, в реальной жизни Аллы, началась мистика.

Алла лечила зубы. Врач надел коронку на ее верхний коренной зуб и с силой притиснул, чтобы коронка лучше держалась. Но врач перестарался. Коронка пережала какой-то нерв или сосуд, или то и другое, короче, образовался свищ. Этот свищ привел к тому, что часть щеки, лишившись кровоснабжения, отмерла. Это называется некроз. Площадь небольшая, но ткань отторглась. Образовалась дырка насквозь. Суп выливался через дырку обратно в тарелку. Катастрофа, тем более для красавицы. Лицо изуродовано. Хоть бери и надевай паранджу.

Такое впечатление, что Юрий Маркович накаркал эту участь для Аллы. В рассказе про лягушонка он упомянул именно правую щеку. Именно туда лань спрятала своего лягушонка, и именно здесь образовался незаживающий свищ.

Надо как-то жить дальше.

Алла едет в Америку, делает пластику. Борьба за лицо длилась несколько лет.

Она вернулась с заплаткой на щеке. Заплатка оказалась бледнее остального лица.

Алла стеснялась. Не любила встречать людей. Можно понять.

На краю участка Алла выстроила второй дом, невероятно элегантный, если можно так сказать о доме. Переехала в новый дом, а старый продала.

Пришли покупатели, сбрили «казу» Юрия Марковича, а на этом месте выстроили новый дом — длинный, огромный, буквально галерея Уффици со стеклянными переходами. И ничего не осталось от Нагибина, кроме его волшебных книг.

Его именем назвали улицу, которая ведет к нашему поселку. Улица короткая, скорее тупичок. Но ничего. Стоит табличка, прибитая к шесту. На белом фоне черными буквами написано: «улица Нагибина».

Интересно, как бы он сам к этому отнесся? Что бы сказал?

Скорее всего, ничего. Его интересовали вечные темы, а не суета сует.

Однажды Алла пригласила меня в гости. Показала отреставрированный кабинет, который она в свое время приобрела для мужа. Мне в глаза хлынула роскошь: сорок пять килограммов бронзы, карельская береза, бронзовые русалки горят как золотые.

У меня перехватило дыхание, как будто мне в лицо плеснули ковш ледяной воды.

— Фантастика… — молвила я.

— Я хочу это продать, — сообщила Алла.

— Почему?

— Потому что это эксклюзивная мебель. Она стоит два миллиона евро.

— И кто-то купит за такие деньги?

— Конечно, купит.

— А сама ты не хочешь пожить в роскоши?

— А зачем мне? Чтобы пришла какая-то Вика Токарева и сказала: «Фантастика»? А так я продам и буду ездить в Германию на лечение, очищаться…

— От чего?

— Ты не представляешь себе, сколько в меня вливали антибиотиков. Ведрами.

Меня, конечно, задели ее слова «какая-то Вика Токарева». Я не «какая-то». Но все равно жалко красоты. Будет светить кому-то.

В этих креслах сидел Юрий Маркович Нагибин — великий, как Вольтер, и жонглировал словами, как золотыми шарами. И они до сих пор летают в пространстве.

семен

Семен — бомж. Он прибился к нашему поселку и живет здесь из года в год.

Его приютила семья Мусатовых. Мусатов — детский писатель, давно покинувший этот мир. Сейчас здесь живет его сын. У него дом, гараж, а над гаражом скромное жилье, в котором ютится Семен.

Семен — из Молдавии. Приехал на заработки, но у него не очень получается. Ничего не умеет и вдобавок пьет. Его любят. Семен —

добрый и простодушный, как дворовая собака. Не специалист. Руки растут не из того места. Но он и не обольщается на свой счет. Согласен на любую работу, берет смешные деньги. А может и даром, за стакан. При этом довольно красивый. Если его отмыть с хлором, причесать, приодеть — вполне можно снимать в кино в роли белого офицера. Если, конечно, он будет молчать.

Семен равнодушен к деньгам, в отличие от других гастарбайтеров. Гастарбайтеры приезжают на заработки, деньги застят им глаза. Семен — другой. Деньги как таковые его не интересуют. Он свободен от обязательств. У него нет семьи. Он никому ничего не должен. Он — никому. И ему — никто. Полная свобода. Как в космосе. Его ничто не держит. У него нет детей, нет амбиций и нет никаких планов на будущее. И даже на один день. Живет как птица. Утром встал и запел.

Можно позавидовать. Каждый человек должен выполнять свой долг, и этот долг движет его по жизни и держит на поверхности. И делает рабом. А на Семена никто не рассчитывает, и он ни перед кем не виноват. Хорошо.

Рассказывает, что был женат на женщине с высшим образованием. Работал шофером. Сбил человека насмерть. Сел. Тюрьма его сломала. Тюрьма ломает слабых.

Я не знаю, где он врет, где нет. Семен говорит, что больше не хочет жену с образованием. Очень высокомерная. Лучше попроще.

Внутренний мир человека отражается на лице. Семен — симпатичный. Когда он появляется в моем доме, я всегда даю ему тарелку супа. Мне кажется, он питается всухомятку. Жидкое — только водка.

Семен охотно садится за стол. Первое время я делила с ним трапезу, составляла компанию. Но компания с Семеном — мучение. Его словарный запас — пять слов. Он их переставляет в разных комбинациях. Общаясь с Семеном, я должна под него подстраиваться, как дикарь. Это скучно и утомительно.

Моя маленькая внучка рада его приходу. Она говорит:

— Семен, спасибо, что ты к нам пришел.

Семена это трогает. Хоть кто-то рад.

Работа у него не задается. Его нанимают и выгоняют. Он ничего не умеет и тянет время.

Я наняла Семена корчевать корни на своем участке. Работа тяжелая, а сил у него маловато. Он взял у соседа ручную пилу — «болгарку», и сломал. Она у него перегорела.

Сосед расстроился, а Семену хоть бы что. Подумаешь, пила…

В конце рабочего дня я выдавала ему помимо денег стакан водки, который закрашивала рижским бальзамом. Получался благородный коньячный цвет, и вкус не такой вульгарный, как просто водка.

Для Семена наступал час истины. Он выпрямлялся и медленно, торжественно, маленькими глотками посылал в свое нутро божественную влагу. После чего оживал, начинал любить всех и вся. Мир вокруг сверкал яркими красками.

Он звал меня «Токаревна», используя фамилию как отчество. Я отзывалась. Какая мне разница?

Семену сорок шесть лет. Расцвет. Он закрутил роман с Тамаркой, которая торговала на базаре курами.

Тамарка — ровесница Семена, тоже алкашка, у них общие интересы.

Семен был увлечен. Тамарка действительно была яркая. Единственный недостаток — тяга к деньгам. Она вытаскивала из Семена весь его заработок. Это возмущало мою домработницу.

Моя домработница Ирина, в прошлом учительница, воспитывала Семена, как отстающего ученика, и требовала, чтобы Семен копил деньги себе на жилье. Он жил в гараже Мусатовых из милости. Его в любую минуту могли выгнать на улицу. Его первая задача — жилье. У птицы есть гнездо. У зверя есть нора. А у человека должна быть комната. Хотя бы одна комната, где стоит его кровать.

Моя домработница требовала от Семена: взять себя в руки, накопить нужную сумму и купить комнату хотя бы в деревянном доме у старушки-пенсионерки. Однако Тамарка взяла над Семеном большую власть и царила до тех пор, пока они однажды не подрались. Тамарка подбила ему глаз и выгнала.

Семен грустил. Но не долго. В соседней деревне он нашел себе Людмилу, о чем сообщил мне по секрету. И попросил никому не говорить, как будто это кому-то интересно. Я буду докладывать Эльдару Рязанову о том, что у Семена новая любовница…

— Красивая? — спросила я для поддержания беседы.

— Та не…

— Тамарка лучше?

— Ащ… Много лучше. Людка страшная. И замужняя.

— А зачем тебе страшная?

— Неудобно говорить, но така потенция, така потенция…

Я не стала продолжать разговор. Я вообще на эти темы не разговариваю, тем более с Семеном.

Однажды Семен заявился чистить снег, привел с собой коротенького мужичка в женской шапке.

— Токаревна, мы тебе снег почистим, — распорядился Семен. — Где у тебя лопата?

Я не собиралась чистить снег, мне это было не надо. А Семену — надо. Он шефствовал над мужичком. Он был начальник. А мужичок — подчиненный.

Я не стала портить замысел Семена, дала пару лопат. Работал только мужичок. Семен руководил и курил, артистично отводя сигарету от лица.

— Это Людкин муж, — сообщил Семен.

Семен благородно опекал всю семью. Людка получала «потенцию», а муж — работу, то есть заработок.

— Муж никуда не годится, — поделилась я.

— А ты бы с им пошла? — спросил Семен.

— Куда? — не поняла я.

Семен не ответил. Курил. Я вдруг догадалась, что он имел в виду: соглашусь ли я крутить любовь с Людкиным мужем?

— Нет, — сказала я. — Не пошла бы.

— Ну вот. А Людка пошла.

Я посмотрела на Семена, пытаясь понять: он нормальный или ку-ку? Людкин муж, равно как и Семен, стояли на самой низкой ступеньке социальной лестницы. Можно сказать, под лестницей. А я — член Союза писателей. По статусу и привилегиям писатель приравнивался к профессору. Даже выше. Творец, Божий избранник. А Семен ставит меня на одну доску с Людкой и с собой. В этом есть что-то общечеловеческое.

Людкин муж не торопится, а может, и не умеет. За это время, пока он корячится, Семен успевает мне рассказать: у него есть сестра, работает неподалеку, на 41-м километре. Вышла замуж. Пробилась в люди. Семена к себе не берет. Она говорит ему:

— Сеня, ты ненадежный. Пьешь. Все вынесешь из дома. Живи сам, как умеешь.

Семен на нее не обижается. Сестра права. Что есть, то есть. Зачем рисковать?

Иногда жизнь улыбается Семену. На пляже он нашел кошелек. А в нем — тысяча восемьсот рублей. Считай, десять бутылок. Разве это не счастье?

Семен ходил с таким видом, как будто ему вручили высокую награду и показали по телевизору.

Но бывали и тяжелые ситуации. На автобусной остановке его поймала шпана и жестоко избила. Сломала лицевые кости: нос, челюсть.

Заливаясь кровью, Семен добрался до дома Виктора Горшкова (мой сосед).

Стояла ночь. И вдруг в окне — голова Семена, кошмарное видение.

Виктор Горшков вышел во двор. Все понял. Отвел Семена в свой сарай. Сарай у Виктора — филиал библиотеки, сухой, чистый, с кушеткой, электрическим освещением.

Семена приютили. Утром отвезли в больницу. Отремонтировали челюсть. Намотали проволоку, чтобы срослись кости. Он долгое время мог есть только жидкую пищу.

Семен задержался в удобном сарае и даже принимал там Людку. Во время свидания он задергивал занавесочку на окне, и хозяева знали, что вход воспрещен. Когда «потенция» иссякала, Семен отодвигал занавесочку. Вход свободен. Как в шпионских фильмах.

Увидев Семена с проволокой во рту, я ужаснулась:

— Кто это тебя?

— Хулиганы, — объяснил Семен. — Молодежь.

— Какие сволочи!

— Да нет. Почему?

— Как это «почему»? Они тебя могли убить.

— Им было противно смотреть, — объяснил Семен. — Я грязный, воняю.

В этом хулиганском действии Семен взял вину на себя. Он виноват в том, что не соответствует человеческому стандарту.

Я подумала и поняла, что Семен в глубине души — интеллигент. Основная черта истинного интеллигента — чувство вины. Жлоб винит всех вокруг себя. Виноваты все, кроме него. А интеллигент винит себя в первую очередь.

Получается, что среди маргиналов можно найти по-настоящему интеллигентных людей.

В Семена никто не вглядывался, но к нему привыкли. Никто не обижал. Подкармливали, поили. Он был кем-то вроде сына полка.

Однажды Семен прибежал ко мне радостно-возбужденный.

— Тамарка пырнула Верку ножом, — сообщил он. — Кровищи было как с барана.

— А Верка кто? — спросила я.

— Ее соседка. Они вместе комнату снимают. На базаре вместе работают.

— Тамарку посадили?

— Не... Они помирились. Верка не стала заявлять.

— А поругались из-за чего?

— Из-за денег или из-за мужика. Из-за чего ругаются...

Действительно, причины могут быть две: деньги и любовь.

История имела счастливый конец. Чему же радуется Семен? Благополучной развязке? Нет. Он скучал по Тамарке. Он ее любил, оказывается, и никакая Людка не могла заменить настоящее чувство. Но выяснилось, что Тамарка — криминальная. Она способна пырнуть ножом. Это значит: Тамарка представляет опасность, и он правильно сделал, что бросил ее и заменил Людкой. Вот этому он и рад.

По этому поводу я подарила Семену начатую бутылку. Он побежал отмечать свою дальновидность.

С Веркой я познакомилась позже. Она торговала селедкой, над которой стояла надпись: «Обалденная».

Верка была вся в слезах, плакала безостановочно. Рядом стояла Тамарка и увещевала подругу:

— Ты же его все равно не вернешь. А так — деньги. Миллион рублей. Сколько тебе надо тут стоять, чтобы заработать миллион?

Случилось следующее: в Москву на заработки приехал Веркин младший брат Валик. Его сбила машина на темной улице. Врачи написали: «Травма, несовместимая с жизнью». Валик умер по дороге в больницу.

За рулем машины-убийцы сидела молодая женщина, «сучка крашена». Она не увидела пешехода, поскольку улица была не освещена. Ни одного фонаря. Темно, как у «негра в жопе» (лексикон Тамарки). Валик был одет в черную куртку, и он слился с темнотой, растворился в ней.

«Сучка» решила откупиться, чтобы не сесть в тюрьму. Она пришла к Верке домой и предложила ей миллион рублей.

Верка должна была принять решение. Взять деньги — значит предать брата, родную кровь. А посадить «сучку» — остаться без брата и без денег.

Женщина за рулем была практически не виновата: трезвая, ехала без превышения скорости. Виноват город, который не освещает свои дороги.

— Что делать, Токаревна? — спросила Тамарка. — Ты грамотная, скажи.

Врагу не пожелаешь такого выбора. Если взять деньги, то потом захочется повеситься. А посадить молодую женщину — тоже не праздник. У нее дети-двойняшки по три года.

Не везет Верке…

Семен уехал в свою Молдавию.

Я подозреваю, что у него не осталось сил зарабатывать физическим трудом, а в Молдавии была хоть какая-то поддержка дальней родни.

Перед отъездом он ходил по домам, прощался. Ему желали счастливого пути, одаривали, кто чем мог: кто книгой собственного сочинения, кто денежкой, не крупной разумеется. Кто бутылкой, кто просто теплым словом. Он был и этому рад.

Меня он не застал. В это время меня не было в стране.

Семен уехал. И пропал. Остался только в памяти. Дачники интересовались время от времени: как там Семен? Но никто не знал.

Однажды в феврале в День защитника Отечества раздался междугородний звонок. Это был Семен. Он поздравил меня с праздником. Из защитников отечества в моем доме был только муж, который в защитники никак не годился по возрасту. Но ведь это не важно. Главное — внимание.

— Спасибо, Семен, — отозвалась я. — Как ты поживаешь?

— Токаревна, я с тобой не попрощался. Ты, наверное, на меня сердишься. Ты меня извини.

— Да ладно, Семен, ничего страшного, — успокоила я.

— Ты не переживай.

— Не буду, — пообещала я.

Связь прекратилась. Наверное, у Семена не было денег на длинный разговор.

Я положила трубку. И долго стояла возле телефона. Какая доверчивая, наивная душа. Семену кажется, что его отсутствие осиротило поселок: дворы не прибраны, дрова не распилены, крыши не почищены. И он звонит, просит прощения.

Ему и в голову не приходит, что его давно заменили. Появились молодые сильные таджики и делают его работу в десять раз быстрее, качественнее.

Семен заменяем, как каждый из нас. И как каждый — незаменим.

николай эрдман

Его дом был самым крайним по улице Восточная аллея. И самым интересным. Дом построил архитектор Черняховский. Главная, центральная, комната имела двусветное пространство. То есть высота на весь дом от пола до крыши. Как в церкви.

Высота составляла метров шесть. В углу камин, обложенный диким камнем.

Когда сидишь перед зажженным камином, начинаешь понимать, что человек создан для счастья и для раздумий, и больше ни для чего.

Николай Робертович Эрдман познал два счастья: творчество и любовь.

В двадцать четвертом году, будучи молодым человеком, он написал пьесу «Мандат», которую поставил Всеволод Мейерхольд в своем театре. Пьеса имела ошеломительный успех и шла триста пятьдесят раз. В эту пору на пике славы и популярности Эрдман знакомится с юной Ангелиной Степановой — начинающей актрисой и красавицей. Вспыхивает страстный роман. Ангелина уходит от своего мужа режиссера МХАТа Николая Горчакова. Она не умеет раздваиваться и притворяться. А Николай Эрдман умеет. У мужчин это бывает. Он женат на танцовщице Дине Воронцовой, и это не мешает ему быть страстно влюбленным в Ангелину Степанову. А может, и мешает.

В двадцать восьмом году Эрдман пишет свою следующую знаменитую пьесу «Самоубийца». Сталин посмотрел и сказал: «Она пустовата и вредна». Этот отзыв определил дальнейшую судьбу Эрдмана. Летом на отдыхе в Гаграх Эрдмана арестовали вместе с Владимиром Массом за какие-то сатирические стишки, ничего не значащие. Просто шутка.

Эрдману дали три года и сослали в Енисейск. Легко отделался.

Казалось бы, что писатель сделал плохого? Написал пьесу, написал стихи. А результат — ссылка. Какое страшное время.

Ангелина Степанова писала ему письма каждый день. Николай отвечал. Это была переписка двух ярких, талантливых людей.

В этих письмах — факты, события, будни, — жизнь русской интеллигенции начала тридцатых годов, за несколько лет до Большого террора. И может быть, впервые в любовной переписке так ясно просматривается время.

Далее Ангелина устремляется в Енисейск. Для того чтобы получить разрешение, она ходила к Авелю Енукидзе. Авель спросил:

— Что заставляет вас так неверно и необдуманно поступать?

Ангелина ответила:

— Любовь.

В те времена любовь могла стоить жизни.

Ангелина отправилась в Енисейск. Можно себе представить, какое это было счастье для молодых людей.

Далее Ангелина стала хлопотать о переводе Эрдмана в Томск. Добилась. Собралась ехать в Томск и вдруг узнала, что туда же собралась ехать законная жена Дина Воронцова.

Ангелине стало ясно, что все так и будет продолжаться. Николай вечно будет женат, а она со своей любовью — путаться у них под ногами. Ангелина не хотела делить Эрдмана ни с кем. Она решительно прервала переписку. Через два года вышла замуж за Александра Фадеева. Они познакомились в Париже.

Фадеев — стройный седой красавец с серыми глазами. Как говорится, элитарный самец. Далее он становится литературным генералом, большим начальником. А над начальниками есть свои начальники. Человек при власти — не свободен. Это мешало литературе, мешало самовыражению.

«Молодую гвардию» Фадеев переписывал несколько раз, подчиняясь указаниям свыше. Но все равно книга значительная. Фадеев не умел писать плохо.

Однажды его зачем-то разыскивал Сталин и не мог найти. Фадеев пребывал в запое и отсутствовал для всего земного.

Наконец он прочухался. Явился пред ясны очи вождя.

— Сколько это у вас продолжается? — поинтересовался Сталин.

— Три недели, — ответил Фадеев. — Такая болезнь.

— Постарайтесь сократить до двух недель.

Видимо, Сталин прощал Фадееву этот порок. Значит, любил. И Фадеев искренне, всей душой любил вождя.

Сталин умер в пятьдесят третьем году. Началась амнистия. Из тюрем стали возвращаться писатели, которых «сдал» Фадеев. Но он никого не сдавал. Время было такое. Требовалась норма врагов народа. А где их набрать? Только среди своего окружения.

Фадеев погрузился в депрессию и в результате застрелился.

Он прожил короткую жизнь, пятьдесят лет с небольшим.

Ангелина прожила девяносто четыре года. Умерла в 2000 году, буквально в наши дни. И, будучи старухой, прекрасно играла.

Ангелина сказала как-то: «Если бы мне было дано заново прожить свою жизнь, я не изменила бы ни одного дня».

Мужчины у нее были супер — красавцы и таланты. Но Эрдман предал ее любовь. Он обманывал и жену, и любовницу. Гордая Ангелина не стала терпеть, еще чего… Ушла к Фадееву. Но Фадеев — тоже не подарок: пил, гулял. Поэтесса Маргарита Алигер неожиданно родила от него дочку, которая выросла в красавицу и тоже покончила с собой.

После тюрьмы в тридцать шестом году Эрдман поселился в городе Калинине. Ему было запрещено жить в крупных городах.

Пьесы он больше не писал. Был соавтором Александрова в сценарии «Волга-Волга».

Во время войны участвовал во фронтовых бригадах, обслуживал войска НКВД. Носил их форму. Он смотрел на себя в зеркало, и у него было такое ощущение, что за ним пришли.

После войны Эрдман создал русский текст оперетты «Летучая мышь», написал сценарий «Смелые люди».

С Ангелиной Степановой они встретились в пятьдесят седьмом году, после смерти Фадеева. Эрдман познакомился с ее сыновьями. Но океаны времени пролегли между ними. Все уже было в далеком прошлом. Любовь тоже подчиняется времени, и если не умирает совсем, то стареет. Умер Эрдман в семидесятом году.

Детей у него не было. Осталась жена-балерина. Не Дина Воронцова, другая — тоже балерина. Видимо, он любил изящных женщин. Ангелину в письмах называл «моя худыра», «тоненькая».

Талантливых мужчин легко полюбить, но трудно удержать. Фадеев уходил в запои. Эрдман — к балеринам.

Ангелину Степанову спасал талант и приверженность театру. Она играла свои роли и в них пряталась от окружающей действительности. Она самовыражалась как актриса, а остальные пусть делают что хотят.

Видимо, Ангелина пребывала во внутренней гармонии с собой, и это явилось причиной ее долголетия.

Эрдмана похоронили на Новом Донском кладбище. Через какое-то недолгое время умерла жена. Дом осиротел.

Комендант кооператива Кобылин пришел к моим соседям и сказал:

— Там стоит пустой дом. Наследников — никого. Берите что хотите.

Мои соседи помчались в дом Эрдмана. Присмотрели себе диван. Приволокли в свой дом. Спят на нем до сих пор. Раньше хорошо делали мебель. Лучше, чем сейчас.

Союз писателей за смешные деньги, буквально даром, передал этот дом писателю-фронтовику по фамилии Холендро.

Его внук Антошка дружил с моим внуком Петрушей. Сейчас оба выросли. Петруша преобразился, а Антошка почти не изменился, только увеличился в размерах. Был маленький кудрявый амурчик, стал большой.

Дом, построенный архитектором Черняховским, посещают редко. Он стоит — сиротливый и обветшавший, как старый пес, и уже никто не знает, какие страсти бушевали в его стенах. И никто не помнит, как звали жен Эрдмана. У него их было три, и все балерины. Но имя Эрдмана связывают только с Ангелиной Степановой. Почему? Потому что она была интересна сама по себе и всю себя, весь свой талант отдавала людям.

Переписку Эрдмана и Степановой увековечил Виталий Вульф. И эта любовь осталась светить людям, как звезда. А любовь обычных людей — кого она интересует? Только двоих непосредственных участников. Сколько людей — столько и любовей, потому что все человеки появляются на свет божий исключительно в результате любви.

виль липатов

Его давно нет. В дачном поселке живут его жена Александра и дочь Татьяна.

Татьяна пишет талантливые стихи. Делает замечательные куклы. Талант большими горстями достался ей от отца.

Я застала Виля Липатова в расцвете его таланта. Сейчас его забыли. Остался только фильм про Анискина. Но сам Виль несравненно больше своего фильма. «Виль» — это сокращенное «Владимир Ильич Ленин». Сокращение, ставшее отдельным именем. В тридцатых годах такие имена были популярны: Владлен (Владимир Ленин), Ким (Коммунистический интернационал молодежи), Индустрий и так далее.

Тогда еще верили в социализм, в коммунизм и в мировую революцию.

Мама Виля Липатова еврейка, отец — бурят. У Виля получились узкие бурятские глаза, еврейский талант и взрывной характер — непонятно от кого.

В общем и целом он был красивый, мужественный, сильный, нравился женщинам, и наоборот — женщины нравились ему.

Виль жил где-то в Сибири, в глубинке, там начал писать. Скоро был замечен. Его вызвали в Москву на семинар молодых талантов.

В Москве Виль познакомился с Ириной Мазурук. Ирина — из знаменитой семьи полярного летчика, светская львица, секс-бомба и творческая личность.

Виль пригласил Ирину в свой номер гостиницы. Достал бутылку коньяка. Бутылка была, а стакан отсутствовал.

Ирина нашла выход: приспособила крышку от графина. Она перевернула ее вниз дном и использовала как стакан. Можно чокнуться и выпить. Так и сделали. Ирина пила из крышки, Виль — из бутылки.

Виль никогда в своей жизни не видел такой женщины — красивой и находчивой. Эта крышка в роли стакана его потрясла. Он сказал Ирине:

— Перееду в Москву и женюсь на тебе.

Сказано — сделано.

Литературная карьера Виля шла круто вверх. Он написал свои главные книги: «Сказание о директоре Прончатове», повесть «Еще до войны», повесть «Деревенский детектив».

Виль попал в первую десятку прозаиков. Он стал модным и знаменитым.

В Сибири осталась его первая жена Александра — милая русская женщина, врач. И дочь Татьяна, похожая на отца как две капли воды.

Виль не мог жить без дочери, а дочь не могла жить без матери, поэтому они обе плюс мама Виля тоже переехали в Москву.

Виль имел две семьи, как султан Сулейман. Ирина Мазурук — это его любовь и страсть. А дочка, мама и жена Александра — это его ВСЁ. Его корни и ветки. Без корней дерево не стоит, а без веток не цветет.

Ирина и Виль — люди азартные. Они вдохновенно напивались, потом темпераментно ссорились, с рукоприкладством, потом обессиленные засыпали, далее — опохмелялись и мирились «с восторгом упоенья».

Это была веселая, страстная жизнь, но такой накал не может продолжаться долго.

Лампа перегорает и лопается с треском.

Они разбежались. Виль вернулся домой.

Я проводила лето в Доме творчества «Малеевка» и оказалась за одним столом с Вилем. С ним была его новая подруга по имени Лариса — привлекательная девушка за тридцать. Она планировала заполучить Виля, приватизировать в собственность и старательно его обхаживала.

Виль пребывал в возрасте пятидесяти двух лет. Средний возраст, практически расцвет, но Виль являл собой развалину. Он горстями пил лекарства, и его накрыла лекарственная наркомания. Лариса кормила его с ложки, потом брала салфеточку и вытирала ему рот.

Я смотрела и думала: «Зачем он ей? Разве не лучше иметь молодого здорового мужика, пусть даже электрика или хорошего слесаря?» Нет. Не лучше. Ларисе был необходим статус писательской жены.

Но ведь спать ложишься не со статусом...

Виль был старше подруги на двадцать лет, это его смущало. Он решил похудеть, ему прописали диету.

Я с ужасом смотрела на сухой, желтоватый, не очень свежий творог, который ставили перед ним три раза в день: утром, днем и вечером.

Виль худел на глазах, но моложе не становился. Он как будто сдувался, его кожа обвисала, лицо становилось цвета хаки, в глазах стояла тоска. И вот однажды он затрясся и забормотал:

— Хочу картошки с мятым салом...

Видимо, такое блюдо он ел в своем детстве в сибирской деревне.

Как я сейчас понимаю, Виль болел чем-то серьезным, и диета была ему противопоказана. Она его просто убивала. Виль это чувствовал. Он слышал свой скорый конец.

В один прекрасный день Виль вызвал свою машину со своим шофером. На заднее сиденье уселась Лариска. Виль скомандовал:

— На Лаврушинский.

В Лаврушинском переулке находилась писательская сберкасса. Там Виль хранил свои немалые запасы.

Виль вышел в Лаврушинском, скрылся в сберкассе, потом появился с большим раздутым портфелем. Было нетрудно догадаться, что портфель набит деньгами. Так и было. Виль снял со счета семьдесят тысяч рублей. Тогда это были немереные деньги.

Лариса замерла. Что-то происходило. Может быть, ее мечта приобретала материальное воплощение.

Виль накануне поставил ее в известность, что в поселке «Советский писатель» на Пахре продавалась большая дорогая дача. Жизнь на свежем воздухе — это залог здоровья и долголетия.

Лариска предположила, что Виль решил жениться на ней и поселиться в деревянном доме на земле.

Но Лариска ошиблась.

Виль подъехал к своему дому возле метро «Аэропорт», — туда, где проживала его законная семья, вышел из машины и скрылся в подъезде.

Через короткое время он появился без портфеля.

Лариса поняла: он отдал деньги дочери и жене. Это для них он готовил здоровье и долголетие, а ей оставались только его болезни и депрессии. Значит, как сопли подтирать — она, а как обеспечивать наследством — старая жена и дочь.

Цена дачи — семьдесят тысяч рублей. И все эти деньги до копейки он грохнул мимо нее.

Виль сел в машину, обернулся к Ларисе и неожиданно получил удар кулаком в нос.

Этого не надо было делать. В детстве Вилю дразнили «Виль Сарыч», намекая на еврейское имя его мамы. Виль обожал маму и не мог снести оскорбления в ее адрес. Он не раздумывая посылал вперед кулак, в морду обидчика. Рефлекс закрепился. Когда его били словом или кулаком, он немедленно бил в ответ.

То же самое произошло в машине. Лариса ударила его в лицо, он тут же немедленно послал ответный удар. Это был обмен неравноценный. Разница — в размере кулака. У Ларисы кулачок маленький и удар маломощный. А у Виля кулак как копыто. Лариса залилась кровью и выскочила из машины. Шофер еле успел затормозить.

Шофер с ужасом наблюдал, как молодая женщина бежит по дороге, закрыв лицо двумя руками, нагнув голову, а между пальцами струится кровь. Ужас.

Шофер молчал всю дорогу. Он не одобрял своего шефа. Такой здоровый, как бык, а девушка такая тонкая, как веточка.

В машине стояла тяжелая тишина.

Виль вернулся один. Вошел в номер. Достал коньяк и выпил из крышки графина.

Потом вышел на балкон.

Я увидела его стоящим на балконе второго этажа. На нем был тяжелый махровый халат. Виль стоял в халате, как мусульманин — значительный, узкоглазый. Смотрел перед собой и вдруг произнес:

— Ира...

Лариса была хорошая девушка, но он любил Иру. Вот и все.

Виль сошел с ума. В прямом смысле. Он не ел и не спал. Вызвали его жену Александру. Александра приехала и тихо, на цыпочках вошла в номер Виля.

— Кто позволил? — строго спросил Виль.

Александра что-то пролепетала в свое оправдание.

В этот же вечер появилась Лариска с сиреневым лицом. Сплошной синяк. Она приехала просить прощения. Хотела все вернуть на круги своя.

Поскольку в комнате Виля пребывала Александра, Лариса метнулась ко мне. Я уговаривала ее уехать. Зачем ставить себя в двусмысленное положение?

Александра тоже выбрала меня в качестве наперсницы. Мне пришлось метаться между одной и другой. Я сочувствовала им обеим, но не понимала. Обе были унижены, и обе устремляются обратно. Неужели любовь так корежит душу? Значит, в Виле было что-то сверхчеловеческое.

Виль похудел. И умер.

На похороны я не пошла. Сама ничего не видела, но рассказывали: Лариса явилась на панихиду и падала на гроб. Синяки еще не сошли с ее лица, только поменяли цвет с сиреневого на желтый.

Дочери и жене был неприятен такой театр, устроенный Ларисой, но что делать? Не будешь ведь сталкивать ее с гроба...

Провожающие тактично пережидали и соболезновали только родственникам: жене, дочке, матери.

Александра прожила еще сорок лет. Ее век был длинным. Счастливой ли была ее жизнь? И да. И нет. Считается, что старость — не радость.

Но существует мнение, что старость самая тонкая, самая прекрасная пора жизни.

Александра и Таня обожали свой загородный дом. Они не представляли себе, как можно жить в городе, в духоте и мельтешении. Им было хорошо на природе. Это то, о чем мечтал Виль.

Гуляя по поселку, я прохожу мимо большого крепкого дома, выкрашенного в серый цвет, и невольно вспоминаю, как Виль схлопотал за него оплеуху. Но где эта оплеуха? А дом — вот он. И его горячо любимая дочь Таня может сказать: «Мой дом — моя крепость».

виктор драгунский

Дом писателя Виктора Драгунского стоит в самом начале поселка. Первый дом после шлагбаума. У него была красавица-жена Аллочка. Он ее углядел на концертах ансамбля «Березка». Она объявляла номера. Выходила в русском костюме — стройная, нежная, русская — сама как березка, и объявляла: «Течет реченька…»

Виктор Драгунский влюбился и женился. Аллочка родила ему двоих детей — мальчика Дениску и девочку Ксению. Впоследствии выяснилось — оба таланты. Ксения — драматург. Дениска — политик и писатель.

Драгунский умер рано по сегодняшним меркам. Ему было пятьдесят восемь лет.

Аллочка ходила по поселку и говорила: «Я — нуль без палочки, моя палочка умерла».

Наиболее известные произведения Виктора Драгунского: «Денискины рассказы» и повесть «Сегодня и ежедневно».

Я прочитала эту повесть и запомнила навсегда.

Первый раз я увидела Виктора Юзефовича на киностудии «Мосфильм». Мы ехали в одном лифте. Я поднималась в киножурнал «Фитиль», везла туда новый сюжет. Драгунский стоял против меня и улыбался во весь рот. Зубы — как старый забор: редкие, широкие, кривые. Сам маленький, красой не блещет, но от него исходит такой ласковый свет, как от утреннего солнышка.

Мы вместе вошли в помещение, где размещался «Фитиль». На Драгунского с воем обрушилась женщина-монтажер. Я даже помню ее имя: Ева Ладыженская.

Остальные дамы защебетали, как стая птиц, которых спугнули. Все окружили Драгунского, обнимали его, касались, трогали. Я не понимала: в чем дело? Оказалось, в центральной газете вышло сообщение, что писатель Виктор Драгунский умер после долгой продолжительной болезни. А он — вот он, в полный рост, не собирается умирать и даже не болеет. Произошла ошибка. Так бывает. Говорят, что это — хорошая примета. Значит, будет долго жить. Но все равно Драгунскому было как-то неприятно. Он стоял и растерянно улыбался. А сотрудники «Фитиля» искренне ликовали по поводу его воскрешения и явления народу.

С тех пор прошла целая жизнь. Ксения превратилась в натурально рыжую красавицу. Такого насыщенного цвета не было ни у кого и никогда. Может быть, только у Клеопатры Египетской.

Дениска постоянно выступает по телевизору, похож на молодого Льва Толстого. Аллочка объясняла это сходство тем, что в районе Ясной Поляны, откуда она родом, Лев Николаевич приласкал всех крестьянок, и пошла целая армия детей, преимущественно мальчиков — точная копия Льва Николаевича. Аллочка Льва Николаевича не застала, а вот ее бабушка имела честь, и была очень довольна.

Дениска тоже стал писать, непонятно, чьи гены ему достались: Драгунского или Толстого. Я помню жену Дениски. Не стану называть ее имени. Пусть будет Ольга.

В молодые годы я наблюдала эту пару. Ольга не просто любила Дениса, она его обожествляла, только что не молилась. А может, и молилась.

Я не способна так принадлежать другому человеку. А может быть, мне не попадалось такое совершенство, как Денис.

Прошло много лет. На территории Драгунских вырос новый дом. Это значило, что Денис отделился от сестры Ксении.

Год назад разнесся слух, что Ольга и Денис расстались. По поселку прокатилась эпидемия разводов. Это — веяние времени. Развелись соседи справа, слева, напротив и за спиной. Я говорю это не для красного словца, именно так и произошло. Мужчин накрыл кризис среднего возраста, и они брызнули в стороны, как муравьи из-под ладони. Умчались на зов любви. Что же делать? Не бежать же за ними.

Есть женщины, которых можно бросить. Они устоят на ветру. А есть такие, которых бросить — все равно что убить. Они погибают, если не физически, то душевно.

Я спросила у Ольги:

— Какие у тебя планы?

— Я хочу встретить любовь, — тихо ответила Ольга. — Большую и нежную.

Я понимающе кивнула. Большая любовь — это то, чем Ольга владела в совершенстве. Но… «если любовь не нужна тому, на кого она направлена, то она вообще никому не нужна».

В самом начале нашего поселка живет печаль. А в конце, в последнем доме, живет счастье. Я не знаю этих людей. Никогда у них не была, только встречала на прогулке. Хозяин — бывший крупный чиновник, ныне на пенсии.

У него огромный дом, похожий на кинотеатр. Рядом, как правило, шествует милая жена, ровесница. У ноги — собака редкой породы, тоже очень милая. Умная, видно по морде. Я имею в виду собаку, а не жену.

По выходным на дачу приезжает младшее поколение: дети, внуки. Внуки, в основном мальчики, энергично рассекают дорогу на заковыристых самокатах. Я оглядываюсь, боюсь, что собьют и меня будет не собрать.

Есть пословица: «В каждой избушке свои погремушки». Но в этом семействе никаких погремушек нет. Только совет да любовь.

Юрий Нагибин сказал: «Кому интересны счастливые люди? Никому, только самим себе».

А зачем быть интересным еще кому-то? Самодостаточность внутри клана — разве этого мало?

Так живет Швейцария. И ничего. Живет.

эдуард володарский

Дом в конце Центральной аллеи принадлежал Семену Кирсанову. Это был поэт, ученик Владимира Маяковского, один из последних футуристов. Умер в семьдесят втором году в возрасте шестидесяти шести лет. Это мало. Человек еще не готов к смерти и не хочет умирать.

Я его помню — седой, красивый. Но гораздо лучше я помню его жену Людмилу. Мы ее звали «Люська Кирсанова». Люська — белокурая красавица, вполовину моложе мужа. К стихам Люська была равнодушна. Зачем шла за старика?

Довольно скоро после свадьбы Люська влюбилась в молодого американца. Это был певец Дин Рид, который гастролировал в Москве. Дин Рид — абсолютный красавец и темная личность. Скорее всего, шпион. Его убили при невыясненных обстоятельствах. Выглядел он хорошо, а пел плохо. Но дело не в нем.

Кирсанов заболел. У него что-то произошло с челюстью. Он говорил: «У меня отняли поцелуй». Поэту было трудно жевать. Люське тягостно сидеть с ним за одним столом.

В конце концов Кирсанов умер. Люська осталась одна. Дом был ей не нужен. Она продала его Эдику Володарскому — писателю и драматургу.

Люська была непрактичная, продавала не дорого. Но для Эдика это были большие деньги, и он купил дом в рассрочку.

Надо сказать, что это был прекрасный, красивый, стильный дом. Я помню стеклянные входные двери. Как правило, входные двери делают железными и двойными, защищаются от воров. А здесь — дверь стеклянная, яркая от внутреннего света, прозрачная, все на виду. Как театральная декорация к сказке.

Я думаю, воры просто не смели вторгаться в это доверие и красоту.

Мне кажется, там не было и прихожей. Входишь с улицы прямо в сверкающее пространство. Как на Кубе.

Эдику Володарскому достался лучший дом. Он выкупил его довольно быстро.

Дальше началась эра Фариды.

Фарида — жена Эдика — киновед, умница, лидер. Она влюбилась в дом и сделала так, что он стал еще краше. Достроила, обставила. Такую мебель просто так не купишь. Надо знать ходы.

Дом — лицо хозяина. Эдик мог гордиться таким лицом, тем более что свое собственное он довольно быстро попортил.

Я помню Эдика молодым, двадцатичетырехлетним, с длинными волосами, доверчивым взором. Потом, без перехода, он стал темно-русым, коротко стриженным, со сломанным носом. Такое впечатление, что его избили в электричке. А может, так и было. Он пил запоями и так же работал — запоями. Быстро стал знаменит. И всегда красив. Сломанный нос прибавлял его облику мужественности.

Однажды я спускалась по широкой мраморной лестнице. А Эдик поднимался по этой же лестнице. Я не помню, где это было.

Мы поравнялись. Остановились. И вдруг обнялись. И так стояли несколько секунд.

Что это было? Ничего. Наверное, просто молодость и внутренняя симпатия.

Следом за Эдиком шел главный редактор журнала, не помню какого. Фамилию помню: Чикин.

Он стоял и смотрел на наше объятие. Эдик отпрянул. Чикин шагнул на его место. Ему тоже захотелось счастья, хотя бы такого короткого, как объятие.

— Нет, — коротко сказала я. Этак каждый захочет подходить и обниматься.

Разочарованный Чикин пошел дальше вверх по лестнице.

Через три дня он умер. Причины не знаю. Просто запомнила, что человек за три дня до своего исхода хочет тепла и на что-то надеется.

А Я, СУКА, ЕМУ В ЭТОМ ОТКАЗАЛА...

Фарида любила своего Эдика и боролась с его запоями — капельницами и скандалами. В конце концов она решила его закодировать, нашла лучшего врача. Врач сказал:

— Не кодируйте. Не надо вторгаться в подсознание. Там живет его талант. Вы можете вылечить его от запоев и автоматом — от таланта. Он не сможет работать. Он станет бездарным. А это для художника гораздо большая катастрофа, чем пьянство.

— Но что же делать? — спросила Фарида.

182

— Ничего. Оставьте все как есть.

Фарида оставила все как есть. Эдик плодотворно работал. С ним сотрудничали лучшие режиссеры. Из-под его пера выходили лучшие сценарии великого советского кинематографа.

Фарида следила за его режимом питания, сна, за нагрузками. Берегла как могла. Так заботится мать о грудном младенце. Благодаря этому Эдик довольно много прожил и довольно много успел.

Эдик дружил с Владимиром Высоцким. Он предложил Высоцкому поставить дом на своем участке. Участок — полгектара. Всем места хватит.

Высоцкий в то время был женат на бесподобной француженке Марине Влади. Марина активно включилась в воплощение собственного дома.

Дом на земле — что может быть прекраснее? Ничего.

Марина руководила стройкой. Варила рабочим целое ведро похлебки.

Невозможно себе представить: французская кинозвезда варит обед русским работягам. Красивейшая Колдунья с туманными глазами перемешивает длинной ложкой варево, в котором изнемогают все виды мяса. Еда должна быть обильной, густой, сытной и вкусной, одновременно первое и второе.

Дом получился деревянный, двухэтажный, благородный, благоухающий Парижем.

Далее Марина начала его обставлять. Начинку в свой дом она привозила из Парижа. Забивала машину до отказа и ехала своим ходом. Багажник был перегружен и оседал. Машина походила на моторную лодку с просевшим низом и задранным носом.

Долго ли, коротко ли, но дом был готов. И в эти же дни Володи не стало. Умер в сорок два года. Причину мы примерно знаем. «Чую с гибельным восторгом: пропадаю», — пел о себе Володя. Но основная причина в том, что Володя был факел. Он жег себя безжалостно и горел ярко. По-другому он не умел и не хотел. В гибельном восторге рождались его песни, которые не стареют и не вянут. И рассказывают о нашем времени больше, чем учебники истории, написанные профессорами.

Марина приехала на похороны. После похорон она какое-то время находилась в своем доме и плакала беспрестанно. Оплакивала раннюю смерть Володи, и себя, и свою любовь. Такой любви два раза не выдают. Такую любовь невозможно повторить.

Стены дома впитывали горе.

Без Володи Москва теряла для Марины всякий смысл. Она решила вернуться в Париж, а дом превратить в музей Высоцкого. Пусть поклонники приезжают сюда для того, чтобы подтвердить свою память и свою любовь.

Эта идея вызвала протест у Фариды. Дом-музей — красиво звучит, а в действительности — не что иное, как толпы подвыпивших людей с гитарами и бутылями, орущие песни Высоцкого дурными голосами. И все это с утра до вечера на участке Володарского, буквально под его окнами.

Земля принадлежала Володарскому, и ему решать: оставлять здесь музей или запрещать.

Марина была оскорблена нежеланием друзей. Она развернулась и уехала, и написала книгу «Прерванный полет», в которой была видна ее обида. Обида усугублялась тем, что в последний год у Высоцкого появилась новая любовь, отдаленно похожая на Марину, но на двадцать лет моложе.

Марина уехала и через какое-то время вышла замуж за выдающегося врача-онколога. Он лечил Тарковского.

С чисто житейской точки зрения новый брак имел свои преимущества. Врач во Франции — это богатый, несущий жизнь, спасающий людей. Ни тебе гибельных восторгов, ни эмоциональных перепадов. Но ничто не заменит женщине ее молодой страсти, нерассуждающей любви, которая бывает только в молодые годы, в период гормональной бури.

И конечно же, никто не заменит и не повторит Высоцкого.

Слезы и страдания Марины остались в деревянном доме. Дерево впитало в себя великую печаль.

Я попала в этот дом Высоцкого по другому поводу, который не связан с хозяевами.

Был замечательный переводчик с немецкого Лев Гинзбург. У него умерла жена, и он стал искать себе новую.

Однажды Лев позвонил мне домой из-за границы и стал рассказывать, как я хороша. Говорил долго и подробно, и потратил много валюты.

Я удивилась: зачем он это делает? Я не свободна, в жены к нему не пойду. Он хороший переводчик, лучший переводчик с немецкого, но ведь я могу купить его книгу и прочитать ее у себя дома, и мне незачем видеть его перед собой.

Далее Лев вернулся из-за границы и позвонил мне из своего дома. Он сказал:

— Какая косматая ночь за окном. Я ее не переживу. Ты мне нравишься. Я мог бы тебя уговорить на один раз, но что мне даст этот один раз? Мне надо навсегда, каждый день, каждую ночь. Я знаю, ты за меня не пойдешь. Зачем я тебе? У меня есть квартира, но и у тебя есть квартира. Я хороший переводчик, но ты можешь купить мою книгу и прочитать мои переводы у себя дома, в кресле, и незачем тебе смотреть на мою рожу…

Я запомнила этот его текст дословно, особенно мне понравилась «косматая ночь». Мне стало жалко Леву, я сказала:

— Давай я познакомлю тебя с Мартой.

Марта была редактор в газете, толстая и одинокая.

Я спросила у Марты:

— Хочешь замуж?

— Хочу, — созналась Марта.

— Я тебя познакомлю.

— Когда?

— Хоть завтра.

— Нет. Давай через неделю.

Эта неделя нужна была Марте для того, чтобы похудеть. Она целую неделю не ела, только пила воду.

Явилась на смотрины похудевшая, несчастная, с голодным блеском в глазах.

Чтобы не растекаться мыслию по древу, скажу: ничего не вышло. Лева продолжал любить меня, а я продолжала его отвергать. Он был короткий и широкий, как жук, а любить приятно красивых.

Лева не обиделся на меня, видимо, его любовь ко мне была поверхностной, неглубокой. Он не захотел терять меня навсегда. Мы подружились. Эта дружба была счастливой. Лева — интересный человек и преданный друг.

Он держал меня в курсе всех своих поисков, и мужских и творческих.

Довольно скоро он нашел себе невесту по имени Наташа. И подолгу рассказывал мне, как она хороша.

Наташу Лева срубил в Германии. Он встретил ее в Берлине. Лева ее соблазнил. Он очень боялся, что «ничего не получится», но все получилось, и Лева пригласил Наташу в жены. Она обещала подумать.

Лева вернулся из Берлина тревожный, весь на винте.

— Как ты думаешь, приедет?

— Конечно, приедет.

— А если не приедет?

— Тогда ты плюнешь мне в лицо.

— Да? Ну ладно.

Лева успокаивался. Перспектива плюнуть мне в лицо его уравновешивала.

Я удивлялась, сколько в нем детского. В нем было очень много достоинств: преданный друг, талантливый человек, мог быть прекрасным мужем, но... любят не за это.

Наташа — молодая женщина с непростой судьбой. Перемещенное лицо. Ее родители во время войны прислуживали немцам. Они были уверены, что немцы пришли навсегда и очень глупо упираться и противостоять. Надо приспосабливаться к новой власти. Но наступил перелом в войне, немцы стали удирать с оккупированной территории. К ним присоединились и те, кто им прислуживал. Эти «полицаи» понимали, что их ждет. Виселица, поставленная на всеобщее обозрение. В лучшем случае лагерь.

Родители Наташи отступили вместе с немцами, оказались в Германии вместе с другими, себе подобными. Но зачем они нужны немцам?

Жили в бараках. Обстановка была невыносимой. Наташина мать повесилась.

Наташа с русской фамилией не могла прижиться в чужом стаде. Достигнув совершеннолетия, она торопливо вышла замуж за немца. Потом разошлась, оставив себе немецкую фамилию.

В этот период своей жизни она попала в поле зрения Левы Гинзбурга.

Наташа приехала в Москву.

Назначили свадьбу на 9 мая, День Победы. Купили ящик водки. Созвали гостей. Но… Лева попал в больницу, и 9 мая он оказался в реанимации без сознания.

Наташа позвонила мне и спросила:

— А можно пригласить загс в реанимацию?

— Но ведь жених без сознания.

— Ну и что? Можно вложить ему в пальцы шариковую ручку и расписаться…

Я поняла, Наташе некуда возвращаться. Она сожгла в Германии все мосты. У нее там нет ничего: ни денег, ни жилья, ни друзей.

Лева — единственное пристанище душе и телу. Если он умрет, придется возвращаться в ненавистную Германию и жить там на пособие.

Лева умер.

Дочь Левы, тридцатилетняя энергичная женщина, в этот же день явилась к Наташе и вышибла ее из квартиры. С какой стати отдавать трехкомнатную квартиру в прекрасном районе какой-то никому не известной бабе без роду и племени, дочке полицая?

Друзья Левы переправили Наташу к вдове Юрия Трифонова, с которым Лева дружил. Вдова, в свою очередь, передала ее Эдику Володарскому. Таким образом, Наташа появилась в поселке «Советский писатель».

Эдик предоставил Наташе пустой дом Высоцкого. Наташа поселилась в доме и стала плакать.

Я пришла ее навестить. Я оказалась единственным человеком, которому Наташа могла позвонить.

Я впервые вошла в дом, построенный Мариной Влади.

Комната объединена с кухней. Пространство — непривычно большое, метров шестьдесят, а может, и сто. На второй этаж ведет винтовая лестница, сваренная из чугуна. Ступени мелкие, короткие. Лестница крутая, опасная.

Камин. Перед камином кресло в виде красного кожаного мешка, набитого шариками. Когда человек плюхается на этот мешок, он тут же принимает форму тела и становится креслом. Как сейчас говорят, «круто», — но неудобно.

На втором этаже спальня. При ней — ванная комната. В ванной я впервые увидела палочки для чистки ушей. Раньше в Москве их не было.

Мебели — минимум. Просторно. Золотые деревянные стены.

Марина плакала в этом доме две недели. После нее столько же плакала Наташа. Новый дом, выстроенный для счастья, превратился в дом скорби. Когда я вошла, я это почувствовала. Скорбь стояла в воздухе. Наташа встретила меня без улыбки. Какая там улыбка... Она похудела на двадцать килограммов и похорошела. У нее был безусловно лишний вес, а сейчас она вошла в берега.

Мы пошли гулять вдоль реки. Наташа рассказала мне, что у нее кончается виза и надо покидать Москву. А это очень жаль. У Левы здесь было все: знаменитые друзья, жилье, заработок, положение в обществе. Для того чтобы этого добиться, нужна целая жизнь. Наташе достались бы все эти блага одним только штампом в паспорте. А теперь ее вытряхивают из страны, как ненужную вещь. Она — перемещенное лицо. Так было, так есть.

Марина Влади и Фарида Володарская ни о чем не договорились. Конфликт усугублялся. Все кончилось тем, что Марина вернулась в Париж, а Фарида разобрала дом на бревна и вывезла с участка. От дома ничего не осталось, кроме фундамента и тяжелой стиральной машины. Машина валялась в лопухах, а ленточный фундамент остался в земле. Его не выковыряешь.

На этом фундаменте Эдик построил новый одноэтажный дом из красного кирпича. Внутри дома он расположил финскую баню и теперь жил, как номенклатура, со всеми удобствами. Эдик хоть и пил, но любил комфорт и роскошь. Фарида обеспечивала ему то и другое.

Фарида — поразительно талантливый человек. За что ни возьмется, все у нее получается и сверкает качеством.

Люди делятся на тех, кто хвастает, и тех, кто прибедняется. Фарида не прибеднялась, но любила обесценивать свою жизнь. Бульдог — урод, дом — обычный, Эдик — алконавт, жизнь не удалась. А это не так. Бульдог — красавец. Дом — красавец. Эдик — гений. Жизнь полна глубокого смысла, любви и самопожертвования.

Фарида сохраняла талант Эдуарда Володарского, оберегала его, как могла, и в результате современники получили его прекрасные сценарии, культовые фильмы.

Фарида родом из Иркутска. Однажды, будучи диктором телевидения, она шла вдоль реки Ангары, а на берегу сидели молодые парни, разводили костерок. Они увидели красавицу Фариду и стали кричать: «Фарида, иди к нам!» Но гордая Фарида прошла мимо, — юная, высокомерная и недоступная.

— А знаешь, кто были эти парни? — спросила меня Фарида.

— Откуда же я знаю?

— Это были Распутин и Вампилов.

— Фантастика... — вздохнула я.

Звезды нашей литературы, тогда еще молодые и никому не известные. Фарида могла бы выйти замуж за любого из них. И тогда Вампилов бы не утонул. И Распутин продлил бы свою жизнь. Фарида умела беречь тех, кто рядом. Она служила своему мужчине всем существом, за счет себя, за счет своих дарований и устремлений.

Однажды Фарида пригласила меня на раков. На кухне в углу стояло эмалированное ведро, в нем шевелились живые бурые раки. На плите в кастрюле кипела вода.

— Будешь бросать раков в кипяток? — спросила Фарида.

— Ни за что, — отказалась я.

Я не в состоянии отправить на смерть даже жука. А тут — целые организмы, мыслящие существа.

Фарида вздохнула и стала опускать раков в кипяток. Они тут же становились красными.

Один рак тяпнул своей клешней Фариду за палец. Отомстил как мог.

Бульдог ходил по кухне в ожидании подачки. Алабай был заперт на террасе. Он не любил гостей и не видел в них смысла.

К ракам Фарида подала соус, который придумала сама. Перемешала домашний майонез и соевый соус. Казалось бы, чего проще. А вот поди додумайся. Фарида рождена, чтоб сказку сделать былью.

Эдик мечтал умереть дома. Так и вышло. Фарида отвезла его в больницу, но нужного врача не оказалось на месте. Пришлось вернуться домой. Ночью он умер.

Фарида осталась одна. С двумя собаками. Это были бульдог и алабай. Обычно у бульдогов неправильный прикус, нижняя челюсть выдвинута. А у этого бульдога — нормальный прикус и умные бархатные глаза. Алабай высокий, как теленок. Свирепый, как тигр. Любит только хозяйку.

Дом на фундаменте Высоцкого с половиной участка Фарида продала режиссеру Петру Тодоровскому.

Дом отремонтировали, перестелили крышу, утеплили стены, достроили — получилось прекрасное строение, одноэтажная Америка. Не надо бегать по лестнице вверх-вниз. Все на одном уровне.

Жена Тодоровского Мира умела навести уют. В старости люди, как правило, любят друг друга. Все контрастные эмоции переплавляются в нежность.

Петр Ефимович не мог без Миры обходиться. Не мог и не хотел. Она была как капитан на корабле и рулила, определяя курс. Петр Ефимович снял с себя все нагрузки, кроме творческих. Остальное передоверил жене. Она была его продюсером и локомотивом.

Однажды я стояла у них во дворе. Открылась калитка, и вошел незнакомый мужик. Позже выяснилось: это был уголовник Васька, который жил в соседней деревне у своей матери. Он недавно освободился из заключения, и ему было не на что жить. Нужны деньги. Васька отправился на промысел.

Он подошел к Петру Ефимовичу и сказал:

— Дай триста рублей, а то я тебе дом подожгу.

— Что? — переспросил Тодоровский.

— Триста рублей, говорю, гони. А то дом подожгу на хер.

Петр Ефимович сделал плавный жест в сторону жены и вежливо перенаправил:

— К Мире Григорьевне, пожалуйста...

Васька подошел к Мире.

— Дай триста рублей, — приказал он. — А то я тебе дом подожгу.

— Вы мне угрожаете? — уточнила Мира Григорьевна.

— Как хочешь, так и думай, — разрешил Васька.

Далее действие развернулось коротко и четко. Мира позвонила директору санатория ФСБ. Санаторий стоял по соседству, непосредственно за забором Тодоровских. Директор Сергей — красивый молодой полковник, дружил с писателями, а они дружили с ним.

Мира позвонила Сергею, разговор был короткий.

С тех пор Ваську нигде никто не видел. То ли он скрывался в отчем доме, прятался в шкафу и боялся высунуть нос. То ли вообще уехал. Трудно сказать. Никто не выяснял.

У Петра Ефимовича было слабое сердце. Однажды в электричке с ним случился приступ стенокардии. Он испытывал невыносимую боль.

Позже он сказал мне: «Как страшно умирать на чужих глазах».

Мира организовала мужу операцию в Германии. Это продлило его жизнь, восстановило здоровье, и благодаря этому мы, зрители, получили его лучшие фильмы: «Военно-полевой роман», «Анкор, еще анкор!», «Интердевочка». Без этих фильмов мы были бы беднее.

Петр Ефимович умер на восемьдесят восьмом году. Его похоронили на Новодевичьем кладбище.

Мира Григорьевна горевала глубоко и долго. Потом однажды произнесла: «Когда-нибудь это должно было случиться...»

Дом Высоцкого достался Мире. Дом Кирсанова, на второй половине участка, Фарида продала, а сама переехала на берег реки неподалеку от поселка. Построила там дом — свой от начала до конца.

Новый хозяин кирсановского дома — Эрик Бугулов. Я знаю только, что он осетин, занимает высокую номенклатурную должность.

Эрик — молодой, похож на голливудского актера типа Ричарда Гира, который красив в любом возрасте. У него жена по имени Зарема с большими глазами и оперным голосом. И три дочери.

Однажды я попала в дом к Эрику. Увидела то, чего не было раньше: окна были вделаны в крышу. Это называется «мансардные окна».

Зарема сказала:

— Здесь много деревьев. Темно. Свет можно брать только сверху.

Эрик угостил меня вином, сделанным из изюма. Оно было сладкое без добавления сахара. Я вдыхала божественный аромат, а надо мной в мансардных окнах плыли белые облака и качались верхушки берез.

Поселок «Советский писатель» перестал принадлежать только писателям. Он наполняется новыми хозяевами, молодыми и успешными. Идет новая генерация. Но ушедшие не будут забыты. Навсегда останутся стихи Твардовского, песни Высоцкого, книги Юрия Нагибина.

На правлении решили поставить стелу, и на ней золотыми буквами будут выбиты имена незабываемые.

Для стелы уже нашли место. Она будет стоять перед правлением на пересечении двух аллей: Центральной и Восточной.

Наш поселок станет заповедным. Его не тронет Новая Москва, сюда не придет городское строительство.

Навсегда, навсегда останется поселок «Советский писатель», где жили люди, определяющие эпоху. Земля под ногами до сих пор слышит их шаги. Их мысли до сих пор плавают в атмосфере.

Я прочитала свои записи. Проступила похожесть судеб. Каждой жизнью правят две силы: ЛЮБОВЬ и СМЕРТЬ.

Как говорит Евтушенко, «жить и жить бы на свете, но, наверно, нельзя».

Нельзя — значит нельзя. Создателю виднее. Нам не дано узнать, что там, за чертой. Но очень может быть, что смерть — это продолжение любви.

по кочану

рассказ

Ольга Прошкина мечтала о любви, но как-то все не складывалось. Ее мама Тамара в девятнадцать лет уже родила, а Ольге минуло двадцать, и ничего стоящего в перспективе. Вернее, никого стоящего.

Имелось в наличии два кавалера. Одного бабушка называла «наглое говно», другого — «сын проститутки». И это соответствовало действительности.

Первый был отпрыском знаменитости и считал это своей личной козырной картой. Вел себя нагло, полагал, что ему позволено больше, чем всем остальным мелким сошкам.

Другой действительно был сыном проститутки. Его мамаша в недалеком прошлом дежурила возле гостиниц. Ее заметали менты и сажали в обезьянник вместе с другими ночными бабочками. Это был вид ее деятельности. Но, как сказано в детских стихах, «мамы всякие нужны, мамы всякие важны».

Был еще один претендент, извлеченный из интернета. Его звали Стасик. Стасик уже окончил университет, факультет журналистики, и уже работал в разных местах. Однако нигде не задерживался, отовсюду уходил.

Бабушка говорила, что его выгоняют.

Ольга подозревала, что ее бабушка права, как всегда, но было неприятно с ней соглашаться.

Ольге Стасик нравился. У него были горячие руки, горячие щеки, ароматное дыхание, возле него было тепло и устойчиво. Возле него Ольга чувствовала себя на своем месте. От него замечательно пахло чистотой. С ним было упоительно целоваться. Ольга буквально теряла сознание, — не в медицинском смысле, она не падала в обморок. Нет. Она попадала в какое-то другое измерение, где было другое сознание и другая реальность. Она парила в невесомости, как космонавт, и ее тянуло, закручивало в таинственную воронку. Хотелось немедленно сбросить с себя все лишнее, одежду например, и устремиться в эту круговерть. Но нет. Оля усилием воли заставляла себя вернуться в реальность, раскидать его руки по сторонам и вырваться из сладкого плена.

— Почему? — вопрошал Стасик.

— По кочану, — отвечала Ольга.

— Скажи нормально, — требовал Стасик.

Но как она скажет? Ей нужны слова, обещания, клятвы. Он должен заверять, что так будет всегда. Всегда, всегда, всю жизнь он будет любить ее, желать, хранить верность. Всех остальных женщин не существует в природе, только одна Ольга. «Ты одно мое желанье, ты мне радость и страданье». А так, как сейчас, — молча, мрачно, деловито, как будто зашел в общественный туалет, намерен помочиться и выйти…

Такого не будет. Она себя не на помойке нашла. Умница. Красавица. Через год заканчивает университет, будет в совершенстве знать три языка: английский, французский и китайский. Китайский — это тебе не кот начихал. Трудный язык, если ты не китаец.

Родители Ольги — художники-мультипликаторы, не пьянь и рвань какая-нибудь. Они трясутся над своей Олечкой, как над сокровищем. И Олечка тоже знает себе цену.

— Ну, чего? — хмуро добивается Стасик. — Чего тебе надо?

«Слова», — думала Ольга, но вслух говорила:

— Ничего.

«Дура ты, — ставили диагноз ушлые подруги. — Он просто честный. Не хочет врать.

Другой насыплет тебе слов целое ведро, лишь бы добиться своего. А этот не врет. Ничего не обещает. Главное — твое чувство. Ты его хочешь? Хочешь. Вот и все».

Нет, не все. Она не хочет попадать в поток. Быть одной из.

Лучше ничего.

Ольга продолжала встречаться со Стасиком в надежде непонятно на что. Вернее, понятно. Он ждал оргазма. Она — перспективы на долгое счастье.

Стасик ушел со всех своих работ на вольные хлеба. Писал сценарий для художественного фильма.

В конце концов он его закончил и дал Ольге прочитать.

Ольга прочитала, ничего не поняла, отдала бабушке. Бабушка старая, конечно, но не очень. Мозги не попортились от времени.

Бабушка взяла рукопись с интересом, но интереса хватило на восемь страниц, а всего страниц было сто двадцать. История на две серии. В первой серии герой был живой, а во второй серии — мертвый.

Бабушка вернула рукопись и сказала, что запомнила только одно слово: «дырокол». Вначале она думала, что дырокол — это канцелярская принадлежность, но оказалось, что автор сценария так обозначил мужской пенис.

Он делает дырки понятно где, отсюда и название — дырокол.

Больше ничего примечательного в сценарии не оказалось. Сюжет вторичный: покойник в конце истории оказывается живым. Такое уже было-перебыло. Бабушка подумала: «Может, я устарела? Может быть, сценарий отражает современное художественное мышление?»

Отдали читать Олиной маме Тамаре.

Мама Тамара прочитала и сказала, что сценарий отражает полную бездарность автора. Есть бездарности скрытые: никому ничего не показывают, напишут и спрячут в ящик письменного стола. Очень скромные симпатичные люди. Интеллигентно скрывают свои дурные пристрастия. А есть воинствующая бездарность — люди самоуверенные, агрессивные и настырные. Судьба таких «творцов» очевидна: их отвергают, они не соглашаются, находят завистников и виноватых. Виноваты все вокруг. Это рождает ненависть к окружающим, плохое настроение и отсутствие средств к существованию.

Мама Тамара сделала заключение:

— Потенциальный неудачник. Скажи ему, пусть приобретает нормальную мужскую профессию. Идет учиться в ПТУ. Будет работать не головой, а руками. Умелые руки всегда уважаются и оплачиваются. Будет работать водопроводчиком, например, уставать, приходить домой после трудового дня. Отдыхать. Хороший водопроводчик вызывает большее уважение, чем плохой сценарист.

Ольга страдала.

— Ты хочешь быть подругой неудачника? — спросила бабушка. — Твой выбор отбросит тень и на тебя. Все будут смотреть и думать: наверное, она большего не стоит.

Ольга не хотела соглашаться с родственниками, однако их прогнозы, как камни, брошенные в озеро, оставляли круги на воде.

Настала зима. Стасик заявил, что едет на Гоа. Там солнце, пальмы, апельсины. Дешевая жизнь. Лето круглый год.

— А я? — спросила Ольга.

— Если хочешь, приезжай ко мне на Гоа, — разрешил Стасик.

Что значит «если хочешь»? Это значит, покупай билет и добирайся сама за свои деньги... Явишься к нему под пальмы, привезешь свою любовь и непорочную девственность. А он? Что он может предоставить взамен? Дырокол. И больше ничего. Хотя бы слова. Ольге хватило бы и слов. Но нет. Никаких слов. Только легкая усмешка на желанном лице.

Может быть, не рассуждать? Может, просто отдаться чувству, как «цыганская дочь за любимым в ночь»... Но Ольга боялась: страсть засосет, как болото, и чавкнет над головой. Страшно. И маму жалко. И бабушку.

Папу меньше жалко. Он всегда занят, трудоголик. Однако папа тоже нужен в воспитании.

Ольга выбрала удобный момент, решила поговорить с папой.

Она обтекаемо сообщила, что ей нравится мальчик, но он едет на Гоа на всю осень и зиму, на полгода. С октября по апрель.

Папа не удивился. Оказывается, так поступают многие: сдают свои московские квартиры и уезжают на Гоа. Полностью меняют среду обитания. Такие люди называются «дауншифтеры», что-то такое близкое к бомжам, готовы обходиться малым.

Ольга подумала: «Бедный. У него, наверное, совсем нет денег».

Родители Стасика жили в Черногории. Там тоже дешевая жизнь по сравнению с Москвой. Стасик — поздний ребенок, мать родила его в сорок лет. Значит, сейчас родителям под семьдесят, они не могут помогать своему сыну. Он сам должен им помогать. Но чем может помочь безработный?

Ольга сочувствовала, конечно. Но сочувствие — недостаточный аргумент для того, чтобы терять девственность, погружаться в болото неопределенности.

Отец выслушал Ольгу и просто сказал:

— Он тебя не любит.

— Откуда ты знаешь? — обиделась Ольга.

— Когда мужчина заинтересован в женщине, он не исчезает на полгода. Он хочет видеть ее каждый день и каждый час. А когда он отрывается на такой срок, значит, он не заинтересован, и все. Плюнь на него. Будет другой.

— Такого не будет, — грустно сказала Ольга.

— Я тебе обещаю, — серьезно сказал отец. — Ты одна не останешься.

— Откуда ты знаешь?

— Знаю.

Ольга тяжело вздохнула. Отец обнял ее и спросил:

— Хочешь, я ему морду набью?

Морду бить было некому. Стасик уехал на Гоа. Ольга заходила в интернет, ждала вестей. Стасик написал один раз. Текст был такой: «Если хочешь, приезжай».

Ничего нового. Хочешь — приезжай, вернее, лети десять часов на самолете, непонятно куда, под пальму. Не хочешь — сиди дома.

Полгода тянулись долго. Бесконечно. Ольга решила пойти к психоаналитику Антонине Исидоровне. Это была мамина знакомая — курящая, умная. Ольга заметила: все, кто курят, — умные.

Антонина Исидоровна выслушала Олечку и сказала:

— Ты все делаешь правильно.

— Что «все»? — спросила Ольга.

— Тормозишь.

— А что «правильно»?

— Не соглашаешься на его условия. Знаешь, почему?

Ольга ждала.

— У тебя хорошая женская интуиция.

Отец купил Оле машину — не дорогую, но качественную. Она сдала на права и стала водить. Ей нравилось. Выезжала на загородное шоссе и спокойно наматывала дорогу на колеса. Это успокаивало. Ольга ехала и думала о том, что у нее хорошая женская интуиция и все, что она делает, — правильно, в отличие от какой-нибудь рабы любви, которая дает не подумавши, а потом делает первый аборт и на всю жизнь остается без детей.

Полгода тянулись долго, но кончились в конце концов. Настала весна. Стасик вернулся. Первым делом Ольга сообщила, что она за рулем. Стасик отнесся с одобрением. Сказал, что у него нет весенней одежды и Ольга должна повозить его по магазинам. А заодно купить картошки десять килограммов. В доме должны быть картошка и лук.

Он не сказал, что соскучился, что хочет видеть, только шкурный интерес. Его интересует только то, что можно засунуть в рот, проглотить и переварить, а также интересы дырокола — опять засунуть, снять напряжение и пойти себе облегченным. А то, что нельзя потрогать, употребить, — то, что называется «чувство»…

Ольга ответила:

— Я, к сожалению, не могу тебя сопровождать. У меня другие планы.

Стасик ничего не понял. Он видел, что девчонка сохнет по нему явно, но при этом упирается всеми четырьмя лапами, как собака, которую тащат на живодерню.

Ольга приехала к бабушке на дачу и рассказала про психоаналитика.

— А сколько она взяла? — спросила бабушка.

— Сто евро.

— Ужас… — испугалась бабушка. — Настоящие врачи денег не берут.

— Почему?

— Не наживаются на несчастьях.

— Спорный вопрос. Мне не жалко денег, потому что она мне помогла. Она меня поддержала. Показала направление, в котором я должна двигаться. А раньше я болталась, как парус на ветру.

Бабушка промолчала. Задумалась. В ее жизни тоже была молодость, а в молодости была любовь. Не к мужу. К писателю, которого она редактировала. Бабушку в то время звали Лиля, она окончила филфак и носила стрижку каре.

Бабушка вспомнила, как впервые пришла к писателю домой. Они редактировали текст в его доме. Дверь отворила женщина средних лет — широкая, квадратная, как двустворчатый шкаф. Серые волосы все назад, под резиночку. Рваный халат свисал под мышкой слоновьим ухом. Лицо простое, крестьянское, доброе, но без интеллекта. Лиля решила, что это домработница, в крайнем случае — мама. Через пять минут выяснилось, что это жена писателя.

Лиля оторопела. Каким образом у молодого гения и красавца такая жена? Старше на целую жизнь, зачуханная, совершенно из другой стаи.

Лиля восприняла это как казус, жизненный сбой, вернее — сбой судьбы.

А ларчик просто открывался. Писатель — гений и молодой красавец — страдал тяжелой алкогольной зависимостью, был просто-напросто алкоголик, бракованный экземпляр, гнилой помидор. Поэтому у него в паре — такой же неликвидный товар. У жены — выбраковка возрастом, у писателя — выбраковка неизлечимой болезнью, и ни одна девочка из его среды не согласилась бы на такую жизнь. А если и соглашалась, то быстро сбегала.

Лиле сразу бы сообразить: о, парень, с тобой не все в порядке, — и в сторону, но молодая Лиля ничего не поняла. Не сработала женская интуиция. И ее жизнь полетела вниз, как сбитый самолет. Она, правда, успела катапультироваться и не разбилась в конце концов. Но как долго падал самолет, как страшно было лететь с гибельным восторгом. И как много времени понадобилось для того, чтобы исторгнуть из себя, забыть эту любовь, которая не оставила никаких следов, только воспоминания и божественную музыку. Она до сих пор помнила его чистые скользкие зубы... Но воспоминания — не строительный материал. Из них ничего не выстроишь. И музыка улетела в космос и летает там, постепенно растворяясь. Может быть, она преобразуется в дождь и падает на землю, на деревья.

Все, что ушло, — ушло.

— Женская интуиция — это очень важно, — сказала бабушка своей внучке. — Слушай себя...

Ольга стала слушать себя, и постепенно Стасик перестал казаться ей таким притягательным. Даже появилось что-то противное. Например, после еды ковыряет в зубах, а потом незаметно нюхает зубочистку.

Однажды на дне рождения у подруги нарисовался новый кавалер.

Он окончил юридический, его работа называлась «опер». Подробности можно было наблюдать в сериале «Улицы разбитых фонарей». Опера звали Максим. Подруга называла его «силовик». Мужская профессия. Но главное — конкретная. Перед тобой — трупак, жмурик. Надо собрать вокруг отпечатки, желательно раскрыть преступление. А не раскроешь — тоже не страшно. Нераскрытое преступление называется «висяк». Это понятнее, чем сценарий, который должен возникнуть из твоего воображения, и никаких зарплат каждый месяц.

Опер пригласил Олечку в кафе. Олечка явилась во всей красе, при своей тонкой рюмочной талии, в аромате духов «Версаче». Ее губы были покрыты бесцветной помадой с легким блеском. Она была такая чистая и сладкая, как леденец, что ее хотелось засунуть за щеку и никому не отдавать.

Силовик не выдержал и стал говорить ей слова. Именно те, которые она не могла получить от Стасика. Лучше всего на эту тему говорил Александр Сергеевич Пушкин: «Я знаю: век уж мой измерен; но чтоб продлилась жизнь моя, я утром должен быть уверен, что с вами днем увижусь я…» — и так далее и тому подобное.

Максим смотрел на Олечку блестящими глазами. Олечка выковыривала из салата креветки, и слушала, и тоже незаметно рассматривала своего опера.

Его рубашка была заправлена в брюки, а Стасик носил рубашку поверх брюк. У опера ботинки были остроносые и черные, а у Стасика тупоносые и рыжие. Стасик был более модный. И от его щек шла горячая волна. А от опера — никакой волны. Холодный как трупак, и ложиться с ним в одну постель — все равно что в гроб. Ни за что. От него исходил запах, как от старого пня. Это запах лежалой одежды, давно не проветриваемой.

Единственное, что украсило вечер, — десерт, тирамису. Миллион калорий, но и удовольствия на миллион.

Под конец вечера опер сказал, что он хочет бросить эту «улицу разбитых фонарей» и открыть свой фармацевтический бизнес.

— Это хорошо, — сказала бабушка. — Не будете жить от зарплаты до зарплаты. Деньги — это свобода.

— Не нужны мне его деньги, — хмуро сказала Оля. И вдруг тихо заплакала. — Мне никто не нравится, ни тот ни другой...

— Будет третий, — заверила бабушка.

— Не будет! У меня никогда не будет счастья! Лучше бы я отдалась Стасу, меня к нему тянуло как магнитом. А это и есть женская интуиция.

— Он бы тебя уже бросил...

— Ну и что? Зато в моей жизни была бы целая площадь из роз.

Оля зарыдала во весь голос. Ее губы отъехали, как у верблюжонка, она стояла такая несчастная и такая родная…

Бабушка притянула к себе ее драгоценное тельце, обняла и пригорюнилась. Она чувствовала себя виноватой, как будто от нее что-то зависело.

И Олечка чувствовала бабушку виноватой: почему она не может решить ее проблему и не предоставляет ей полное счастье, прямо сейчас, сию минуту, как карету из тыквы? Тогда в чем ее любовь?

Кот сидел вне дома, на подоконнике, и смотрел через стекло. Ему тоже хотелось участвовать в жизни людей.

был такой случай
рассказ

Время — «оттепель». Мы все молодые и гениальные. В ходу слово «нетленка». Подразумевалось, что каждое наше произведение останется навсегда, «мой прах переживет и тленья убежит».

В ходу обращение «старик» и «старуха». Нам по тридцать лет или около того. Легко в тридцать лет слышать «старуха». А слышать такое в семьдесят лет обидно и оскорбительно, поскольку это соответствует действительности.

«Оттепель». Никита Хрущев стучит ботинком по американской трибуне. Темпераментный человек. И невоспитанный. Но мы ему рады. Из коммуналок народ медленно переселяется в хрущевки. Отдельное жилье. Мечта.

Мне двадцать шесть лет. Я печатаю в журнале свой первый рассказ. Его все замечают, включая солдат и уголовников. Меня упоминают в журнале «Вопросы литературы». Наряду с Аксеновым, Шукшиным. Это — признание.

Возле меня топчется слово «талант». Я, конечно, в это не верю. Кто я такая? Моя мама тоже не верит. Звонит из Ленинграда и спрашивает: «Кто за тебя написал? Михалков?»

Лицом к лицу лица не увидать. Тем более собственного лица.

В моем характере есть нечто такое, что заставляет людей критиковать меня прямо в глаза. Иногда это получается грубо. Но я смирилась.

Денег — нуль. Но молодость сама по себе богатство. Смех без причины — это вовсе не признак дурачины. Это признак здоровья.

Возле Никиты Хрущева на трибуне Мавзолея маячит бровастое лицо Брежнева. Он простоват, но бравый. В какой-то момент это бровастое лицо становится главным. А круглый лик Никиты исчезает из поля зрения. Никита на пенсии, как обыкновенный старик. Но, слава богу, жив, хоть и обижен.

Брежнев привел с собой застой. В стране — стабильный застой.

«Старикам» и «старухам» уже под сорок. Нетленки лежат в столе. Литературная карьера моих друзей стоит на месте и никуда не движется. Хочется выть.

У меня должна выйти первая книга, но она застопорилась где-то — и ни туда ни сюда.

Я одеваюсь в красивое и иду на прием к главному редактору издательства. Сажусь перед его кабинетом и жду. Секретарша докладывает. Главный редактор безмолвствует, он занят.

Я сижу час, другой. Главный редактор по-прежнему занят. У него в кабинете космонавт, недавно вернувшийся с орбиты. Наверное, космонавт тоже решил выпустить книгу, иначе зачем ему главный редактор издательства?

Наконец главный выходит в приемную. У него на голове фуражка космонавта, он отдает мне честь, при этом сильно качается. Пьяный с головы до ног. У него хорошее настроение. Довольно молодой мужик. Я ему мешаю своим присутствием. Отвлекаю. Он не может из-за этого полностью расслабиться и нормально отдохнуть со статусным гостем.

Главный редактор хочет от меня отделаться, а для этого надо, чтобы я ушла. А уйду я, только получив его согласие на выход книги.

И он дает это согласие. Кивает головой в фуражке. И книга выходит. Вот и все.

А мои друзья («старики») не одеваются в красивое и никуда не ходят, за исключением Дома литераторов. Там они напиваются неизвестно на какие шиши и сидят пьяные и глубоко разочарованные в жизни. Время уходит, как дым в трубу, а ничего не происходит. Все хотят прижизненной славы, а ее нет. И не предвидится.

У Чехова в «Трех сестрах» есть образ: запертый рояль. Ирина говорит Тузенбаху, что она как запертый рояль, ключ от которого потерян.

Вот и мои друзья существовали как запертый рояль, и никто не знал их звучания. Как это тяжело — быть запертым роялем, когда мелодии в тебе бурлят и рвутся наружу.

Что им оставалось? Они пили. Спивались. Крутили романы. Заводили параллельные семьи. Разводились. Эмигрировали. Куда-то ведь надо было девать энергию. Творческая энергия, не найдя выхода, устремлялась в самых неожиданных направлениях, а иногда и убивала. Такое случалось.

Об этом времени очень точно написал Сергей Довлатов.

Время ломало и уродовало, но вот «живет же братия — моя честна компания», как пел Высоцкий.

Мне вспомнилась одна маленькая история. Не хочу называть имя участника. Назову «Игрек», это похоже на «Игорь». Пусть будет Игорь.

Игорь идет через буфет Дома литераторов. Он здесь привычная фигура, можно сказать постоянная. Высокий, даже излишне, красивый, пьяный. Он пьет начиная с трех часов. До трех — пишет.

В сущности — пьянь, но не рвань. Элегантный, воспитанный и, можно сказать, порядочный человек. Так бывает. Пьянство и порядочность вполне сочетаются.

Игорь называет себя гением. И его друзья тоже так считают. И говорят ему в лицо. Он соглашается.

Жена Игоря, красивая парикмахерша Таня, спрашивает:

— Если ты гений, почему же тебя не печатают? Разве это никому не надо?

Игорь выслушивает и сдержанно отвечает:

— Так будет не всегда.

— Займись чем-то другим, — пристает Таня.

Игорь молчит. Он не хочет заниматься ничем, кроме своей прозы. Он верит в себя.

Игорь хорошо делал два дела: писал и пил. То и другое запоем. Но это не приносило дохода, скорее — наоборот.

В семье родилась дочка-звездочка. Денег нет и не предвидится. Таня вернулась на работу, не догуляв декретный отпуск. А что делать?

Нормальный человек не может сидеть без дела. А водка — это большое дело. Это компания, беседа, общение по душам, — что может быть прекраснее для русского человека?

Потом медленное опьянение, мир предстает в радужных красках. Далее — отключка, сон, маленькая смерть. И ничего тебя не мучает, ни перед кем ты не виноват. Ты просто непонятый гений, ушедший в несознанку. Провалившийся в никуда.

В семье помогала теща (мама жены), но в этот день, о котором пойдет речь, теща не пришла. Ей надо было срочно посетить зубного врача.

Таня опаздывала на работу. Клиенты ждали, зажав в кулаке живые деньги. Она попросила Игоря посидеть с дочкой до тех пор, пока его не сменит теща.

Игорь обожал ребенка и легко согласился. Таня приготовила все, что нужно: бутылочку с питанием и пеленки. Тогда еще не было памперсов.

Таня убежала.

Игорь смотрел на крошечное личико дочки, крошечные кукольные пальчики. Все было маленькое, но настоящее. Игорь осторожно сунул в ее ладошку свой грубый палец. Девочка тут же крепко прихватила палец и сжала вполне ощутимо. Игорь улыбнулся растроганно: его дочка цепкая, не пропадет, своего не упустит. Она живет, и у нее получается.

В этот момент раздался звонок по телефону. Звонили друзья. Сообщили, что сидят в кафе «Ромашка», напротив его дома. Всё заказали:

выпивку, закуску. В качестве закуски — горячие сардельки. Деньги есть. Ждут.

В Игоре все заметалось. Как быть? Пойти он не может. Но не пойти — тем более не может. Его душа уже практически сидела в кафе «Ромашка» за квадратным деревянным, таким уютным столом. И он чувствовал своими плечами широкие плечи товарищей. «Твои пассажиры, матросы твои, приходят на помощь». А бутылка водки стоит в центре стола холодная, запотевшая и переливается, как перламутр.

Выход был найден. Игорь пойдет в «Ромашку» вместе с дочкой. Он ее не бросит и не пропустит застолье.

Он достал большую спортивную сумку, постелил в нее одеяльце, уложил свою крошечную девочку, укрыл сверху пуховым платком. И устремился в «Ромашку». Сумку он до половины задернул на молнию. Доступ воздуха обеспечен, и правила безопасности соблюдены.

Через пять минут Игорь был в «Ромашке». В гардеробе работали знакомые Валечка и Ниночка.

Валечка предложила оставить сумку, поскольку сумка большая и неудобная.

Игорь передал сумку гардеробщице и попросил поставить поаккуратнее, поскольку внутри — живая девочка, родная дочка, сокровище.

Валечка раздернула молнию, заглянула, и ее женское сердце окатило горячей нежностью. Перед ее глазами — спящий ангел, с длинными ресничками на щеках.

Подбежала Ниночка и тоже залюбовалась.

— Можно я у вас ее оставлю? — попросил Игорь. — В зале накурено. Это плохо. Я ее через час заберу.

Валечка усомнилась. Все же она на работе… Но папа был такой культурный, а ребенок — просто чудо из чудес. Почему бы не помочь человеку, тем более что девочка спала и никому не мешала. Гардеробщица взяла сумку и поставила в самое безопасное место, в уютный полумрак без сквозняков.

День клонился к вечеру. Игорь пил. Ребенок спал. Потом проснулся и заплакал.

Валечка дала ему бутылочку с натянутой соской, а Ниночка побежала в зал. Настало время пригласить папашу. Но папаши не было. Стол был пуст. Вся компания ушла. Ребенка забыли.

Валечка не поверила своим глазам, но что есть, то есть. Стало ясно: папаша напился, практически не мог встать со стула. Верные товарищи его подхватили под руки и выволокли из кафе.

А где в это время были гардеробщицы? Где-то были. Возможно, подавали плащи или вешали чье-то пальто и не заметили. Не обратили внимания. Отвлеклись.

Но что же делать? Не относить же в милицию такую куколку? К себе домой забрать невозможно. Ребенка надо кормить. Ребенку нужна кормящая мать, а не гардеробщица Валечка. Да и мать сойдет с ума. Подумает: украли цыгане для своего нищенского бизнеса.

Что делать?

— А я знаю, — вдруг вспомнила Ниночка. — Его жена в парикмахерской работает, вот здесь на углу.

— Откуда ты знаешь? — проверила Валечка.

— А они вместе сюда заходили. Они, видно, где-то рядом живут. Жена с пузом была.

Ниночка рванула из кафе в парикмахерскую.

Валечка вынула из сумки плачущую девочку и поцеловала ее, пока никто не видит. Было невозможно удержаться. Хотелось прикоснуться к ангелу, — такая исходила от ребенка благодать.

Не прошло и десяти минут, как в кафе ворвалась жена Игоря. Ее лицо заострилось, все ушло в нос. Глаза как гвозди. Казалось, от напряжения мозги брызнут через глаза.

Таня приняла от Валечки драгоценный кулек и впилась своими гвоздями в личико дочки. Все было на месте: голова, руки, ноги. Ребенок был жив и здоров и даже весел. Убедившись, что все нормально, что ребенок не пострадал, жена Игоря осела на подставленную ей табуретку и тихо зарыдала.

Гардеробщицы молчали скорбно. У них была примерно похожая судьба. Возле них тоже пребывали мужья, на которых нельзя положиться. Мужья — дети. Вернее, сукины дети.

Жена Игоря плакала, опустив лицо. Приговаривала: «Чем это все кончится? Чем это все кончится?»

Кончилось неоднозначно. И хорошо, и плохо.

Игорь умер на середине жизни. Мог прожить еще столько же. Это плохо. Но его стали печатать. Вышла книга. Все вздрогнули: смотрите, кто пришел.

Игорь быстро прославился, стал ошеломительно знаменит.

Как сказал поэт, «у нас любить умеют только мертвых». Игоря любят. Критика сравнивает его с Достоевским. Книг мало, но каждая — жемчужина.

Необязательно писать много, оставлять собрание сочинений. Можно написать одну книгу, но она останется, и без этой книги жизнь покажется пасмурной, как осенний день.

В нашей стране — капитализм. Сталин перевернулся бы в гробу.

Раньше все собирались в кучу, вместе пили, вместе страдали. А теперь все разбежались по углам, как собаки, и тявкают в одиночку.

Меня и моих друзей больше не называют стариками. Это соответствует действительности и потому невежливо. Сейчас нас называют по имени-отчеству. Без отчества неудобно.

Дом литераторов продали под ресторан. Туда ходят богатые и незнакомые. Они нам не интересны, а мы не интересны им.

Книги вытесняет интернет, но меня это не смущает. Я продолжаю писать, мои книги выходят каждый год, их хотят читать.

Существует два мнения. Одни считают, что я пишу все лучше и лучше. А другие полагают, что окончен путь, «завещанный от Бога мне, грешному». Это грубо, но я привыкла, что меня критикуют прямо в лицо. Так было всегда. Наверное, во мне чего-то не хватает. Тем не менее я согласна с первыми. Почему? Потому что я верю в себя. Это очень важно. Может быть, даже самое главное: верить в себя, независимо от того, что думают о тебе другие.

Игорь стал кумиром. Его фразы растащили на цитаты.

Дочка Игоря выросла, превратилась в красивую молодую женщину и наверняка не помнит, как ее забыли в спортивной сумке.

откровенность свободного человека
очерк

Если дерево пересадить на другую почву, оно может легко прижиться, может прижиться трудно или не прижиться вообще. То же самое — эмиграция. Человек тоже имеет свою корневую систему, и, когда она нарушается, происходит разлом души. Именно об этом пишет Илона Давыдова в своем романе «Эмиграция». В книге исследуются все аспекты эмиграции: моральный и материальный. И душевный.

Семья переезжает из Советского Союза в Америку, из города Нальчик в Нью-Йорк. Родители бросают большой прекрасный дом, родственников, друзей — родных и близких и переезжают в чужой и чуждый мегаполис Нью-Йорк, селятся в квартиру с тараканами, в чужой язык. Без языка человек теряет восемьдесят процентов своей индивидуальности. В пятнадцатилетней девочке постоянно висит вопрос: зачем? Кому это было надо? Во имя чего?

Инициатор отъезда — отец. Научный работник, который задыхался в тоталитаризме и жаждал свободы. Пятнадцатилетняя героиня отчаянно тоскует о прошлой жизни. Именно она вынуждена платить за кризис отца. Девушка погружается в депрессию. Приходится обратиться к врачу-психоаналитику и вместе с врачом, который играет роль духовника, шаг за шагом выбираться из пропасти. Читать это по-настоящему интересно. Детали повествования не выдуманы. Такое нельзя выдумать.

Книга написана искренне, стремительно. Из нее хлещет тугая энергия. Всякое художественное произведение — это мера искренности и таланта. Без таланта ничего не получится. Никто не станет читать. Но и без правды — тоже не будет книги. Ощущение правды как бы входит в талант.

Илона Давыдова ничего не скрывает. Она выворачивает душу, как карман, и вытряхивает наружу все, что в нем есть. Это очень русская манера. Я считаю, что искренность — это основная ценность романа.

Профессор Новиков, наш ведущий литературовед, считает, что литература «про себя» бывает высокой только тогда, когда становится предельно честной и грубой. Полуобнажение тут не пройдет. Только срывание всех и всяческих масок. Как у Толстого. Недаром Лев Толстой — любимый писатель Илоны Давыдовой. Если уж говорить о себе, то выговаривать все самое тайное, чтобы читатель наедине с книгой мог признаться себе в том, в чем наедине с собой ему признаться трудно.

В автобиографической книге два героя: тот, кто пишет, и тот, кто читает. Читающий должен себя узнавать в авторе, поскольку все люди, несмотря на различия, примерно одинаковы. Когда горе — плачут. Когда радость — смеются. Одинаково рождаются и, наверное, одинаково умирают.

Я как читатель верила каждому слову, сочувствовала героине и любила ее. Я не могла оторваться от страниц. Книга держала меня, втягивала. Мне кажется, что талант — качество врожденное. Его невозможно добиться трудолюбием, если он не заложен Богом, как дискета в компьютер. Человек может ничего не знать об этой божьей дискете, но его неудержимо будет тянуть к письменному столу. Именно это происходит с Илоной Давыдовой. Она постоянно думает о писательстве. Она хочет оставить след в этой жизни. Она не идет работать программисткой и маникюршей, потому что чувствует другое призвание.

В ней постоянные вопросы: «кто я?», «зачем я?». «Зачем всё, если я все равно умру?..»

Андрей Тарковский сказал, что самоусовершенствование — это смысл жизни. Илона Давыдова многого добивается своим умом, талантом, трудом, энергией. Ее жизнь — как стремительный поток, несущийся с горы, и вода в нем прозрачная, чистая и целебная. В нем отражается солнце, сверкают брызги, прыгает форель. В такой воде нет никакой химии, никаких вредных примесей, и, читая книгу, невольно заражаешься жаждой действия и желанием счастья.

Книга написана бурно, многословно. В языке чувствуются украинизмы и подстрочник. Чувствуется, что автор двуязычный, и некоторые обороты написаны как дословный перевод. Америка сделала свое дело. Она впиталась в язык, а значит, в кровь. Но главное в книге — не язык, а уникальный опыт отдельно взятого человека.

Интересна сама жизнь и желание автора донести до нас свой опыт. Америка научила ее вытащить из себя все резервы. И она их вытащит. И станет хозяйкой жизни. Она победит, добьется, достигнет. Но ничто не придет к ней даром. За все придется заплатить сполна — страданиями, трудом, талантом.

Книга несет в себе нравственный заряд. Невольно вспоминается притча о лягушке, которая попала в горшок с молоком. Но не смирилась, а стала активно дергаться и в результате взбила масло и выскочила из горшка.

Всегда можно выскочить из любого горшка, будь то Америка или несчастная любовь, болезнь или бедность. Путь к победе один. Не сидеть сложа руки, а действовать.

Героиня Илоны Давыдовой — разная. Мудрая и простодушная. Расчетливая и романтичная. Подозрительная и доверчивая. Но ею всегда движет тоска по идеалу. Она ищет идеал. И даже если не найдет, то поиск сам по себе — это движение. Это самоусовершенствование.

моя страна
очерк

Это случилось двадцать пять лет назад.

Я сломала ногу. Сначала я подвернула стопу, потом упала, потом не смогла подняться. Стопы как будто не было. Я поняла: перелом. И опустилась обратно на землю.

Стояла снежная зима. Я легла на снег и стала смотреть в небо. «Луна, как бледное пятно, сквозь тучи мрачные желтела». Лучше не скажешь. Я смотрела на луну и понимала: произошло то, что называется «несчастный случай».

Далее я попала в больницу. Меня привезли уже ночью, одновременно с бомжом, который сломал ключицу. Бомж рассчитывал, что его оставят в больнице, а это большая удача. У него будет своя личная кровать, застеленная чистым бельем, и еда три раза в день: завтрак, обед и ужин.

А я надеялась, что мне положат гипс и отпустят домой. Но произошло все наоборот. Бомжа отпустили, точнее, выпроводили вон. А меня оставили в больнице, поскольку перелом оказался со смещением. Требовалась операция.

Операцию никто делать не стал. Стояли лихие девяностые, вся промышленность развалилась, и не было нужных инструментов, типа слесарных саморезов, которыми скрепляют кости.

Мне просто сложили ногу куличиком, на глаз, и отправили в палату.

В палате было восемь женщин. Стояла духота. Окно не открывали, боялись простудиться. Женщина справа по имени Валя постоянно пребывала с температурой 39. У нее начался остеомиелит (воспаление) в тазобедренном суставе. Осложнение после операции. Лечащий врач ничего не предпринимал, только качал головой.

Валя тем не менее не унывала, а даже закрутила роман с парнем из соседней палаты. Температура ей не мешала, напротив, подогревала.

Парня я не видела. Наверное, тоже с переломом. В отделении травматологии других не бывает.

Валя возвращалась в палату среди ночи, свет не зажигала и всегда на что-то наталкивалась:

на стул или тумбочку. Стул с грохотом падал, всех будил. Больные просыпались и сыпали проклятия на бедную Валю, а она огрызалась, стоя на своих костылях. Костыли делали ее неуклюжей. Но к ней вместе с остеомиелитом пришла долгожданная страсть. Как говорится, «не было бы счастья, да несчастье помогло».

Мой лечащий врач имел немецкую фамилию: Мюллер. Я доверяла Мюллеру, поскольку немцы народ ответственный. Но мой немец успел обрусеть и научился русскому «авось». Авось сойдет и так. Он сложил мне ногу на глаз и выпустил домой, чему я была несказанно рада. Кому хочется подставлять себя под нож?

Два месяца я пребывала в гипсе, а потом, после снятия гипса, выяснилось, что кости срослись неправильно.

Я вытаращила испуганные глаза и спросила:

— Что же делать?

— Ничего, — сказал Мюллер. — Ходите так.

Через месяц я отправилась в Израиль. Меня пригласили с новым фильмом.

В Израиле я показалась специалистам. Они сделали рентген и вынесли свое заключение: нужна реконструкция стопы.

Это значило: ломать и складывать все по новой. Без операции не обойтись.

Я заплакала и позвонила дочери. Она сказала:

— Ну, ты же ходишь…

Таким образом она пыталась меня успокоить.

Я поняла: да, я хожу — до поры до времени. И если я не переделаю сустав, я его потеряю. И буду передвигаться в коляске.

Я ничего не сказала Мюллеру. А что говорить? Какой смысл? Предположим, я ему скажу: «Сука ты, Мюллер...» И что изменится? Ничего. Дело не в Мюллере, а в советской медицине.

Я поехала в Швейцарию. Я хорошо знала эту страну, там издавали мои книги.

В клинике сказали, что операция будет стоить две тысячи долларов. По тем временам сумма не маленькая, но две тысячи за спасенную ногу — не о чем говорить...

Я попала к профессору Верли. Операция длилась часа два, но я неплохо провела это время. Мне сделали спинальный укол, включили музыку Вивальди. Я не чувствовала никакой боли и думала о том о сем... Под музыку хорошо думается. Можно даже сочинить сценарий.

В конце операции меня надо было перегрузить со стола на каталку. Это называется «из болота тащить бегемота». Верли кряхтел, но справился.

Он подошел к моему началу, то есть к голове и сказал: «Бьен алле».

Это значило: операция прошла хорошо.

А я и не сомневалась. Я за тем и ехала.

Забегая вперед, могу сказать: все срослось как надо. Через полгода я забыла, на какой ноге была операция, на правой или на левой. Но... Денег взяли в шесть раз больше. Не в два, не в три, а в шесть. Делали какие-то никому не нужные процедуры, занимались приписками. Швейцарцы — жуки. Беззастенчиво вытягивают из русских деньги, как пылесосом. Почему? Потому что русские без страховки. Никто не потребует отчета. Русские как коробейники: приедут — уедут. Можно и обобрать. Но главное — нога. Операция «бьен алле». Все остальное не существенно.

Рядом со мной в отдельной палате лежал наш посол в Корее. Ему меняли тазобедренный сустав.

На другой день после операции он встал и пошел. Никакой температуры, никакого остеомиелита.

Заглянул ко мне, познакомиться.

Мы беседовали. Я обратила внимание: посол не смотрит собеседнику в глаза. Смотрит куда-то в сторону или вниз. Может быть, посол боится, что по его глазам я прочитаю государственный секрет.

Я не умею общаться, если не вижу глаз того, с кем разговариваю.

К послу каждый день прибегала его жена, на тридцать лет моложе, и приносила пластмассовую коробочку с черникой.

Дело прошлое. С тех пор минуло двадцать пять лет. Моя левая нога работает так же, как и правая.

Я сделала вывод: лечиться надо в Европе, а значит — копить деньги.

Говорят, здоровье не купишь. Купишь! В том-то и дело…

Время идет вперед и никогда не останавливается. Только в минуты счастья или страха.

Мы с мужем перетекли в третий возраст, что тоже неплохо. Лучше быть старым, чем мертвым.

Сколько бы человек ни жил, каждый его день должен быть полноценным.

Памятуя прошлое, я больше всего боялась, что кто-нибудь из нас поскользнется на улице, и грохнется, и сломает шейку бедра.

Тазобедренный сустав — самый крупный и самый главный, он крепит туловище к ногам. И не дай бог, если сустав выходит из строя. Человек ломается, как детская игрушка. После этого его можно выкинуть на чердак.

Чего боишься, то и случается.

Мой муж упал на ровном месте, у себя в комнате, и сломал шейку бедра.

У меня есть особенность: по мелочам я выхожу из себя, нервничаю, схожу с ума. А когда крупная неприятность — я собираюсь, как главнокомандующий перед сражением.

Я собрала все свои внутренние ресурсы, вызвала скорую и отвезла мужа в близлежащую больницу. Близлежащая оказалась в городе Железнодорожный. Раньше это была станция Обираловка, здесь Анна Каренина бросилась под поезд.

Вышел хирург, я мысленно назвала его Наф-Наф.

Сделали рентген, подтвердили диагноз — да, перелом.

Наф-Наф предложил щадящую операцию: не менять сустав, а просто ввинтить штыри.

Я согласилась и оставила мужа в больнице.

Дома я позвонила дочери, рассказала про перелом и про штыри. Она тут же зашла в интернет, прочитала всю информацию, выяснила, что штыри — это полумера, вчерашний день медицины, пожизненная инвалидность.

Я стояла, «задумавшись глубоко», как лермонтовский утес, листала записную книжку.

Мои глаза наткнулись на фамилию ГОЛУ-ХОВ. Рядом было написано: «31-я больница». И телефон.

Я сразу вспомнила: банкет, не помню чей. Тогда было время сплошных банкетов. Стремительно разбогатевшие новые русские желали показать свою материальную мощь и приглашали творческую и научную интеллигенцию на свои банкеты. Столы были накрыты как на пирах Ивана Грозного: целые осетры, жареные поросята, черная икра, морепродукты. Мы стоим, держа в руках хрустальные бокалы, нарядные и популярные.

Ко мне, вернее к моей дочери, подходит Голухов Георгий Натанович — главврач 31-й больницы. Он рыжий, веселый, обаятельный, суперспециалист, известный в Москве.

Я люблю людей, которые делают свое дело лучше всех.

Голухов именно такой. Он мажор. Но не ботаник. Ничего человеческое ему не чуждо. Он «кадрит» мою молоденькую дочь. Она смеется, потому что понимает: это шутка. Рядом с Голуховым его очаровательная молодая жена. Она тоже смеется, потому что тоже понимает: это шутка. Просто Георгий Натанович так общается. Он любит жизнь. А молодая девушка — это и есть сама жизнь. От Георгия, как пар от кастрюли, поднимаются: радость, острый ум, мужское обаяние. А что такое обаяние? Это талант души. Возле Голухова весело, не хочется отходить в сторону, мы и стоим.

Голухов протягивает мне визитку.

— На всякий случай, — объясняет он.

И вот этот «всякий случай» настал. Я боюсь ему звонить.

Голухов занимает высокий пост. Он перегружен людьми и просьбами, а тут еще я, явилась не запылилась.

Наверняка он меня забыл. Когда это было? Еще в Советском Союзе. А сейчас уже Россия, сменилось три президента.

Но что делать?

Я набираю номер и слышу голос Голухова. Его телефон не изменился. И голос не изменился. Голос — это инструмент души. Значит, не постарел.

Я здороваюсь и называю себя, и жду холода или вежливого равнодушия. Но в трубке всплескивается радостный возглас. Узнал. Помнит.

Я понимаю, что моя задача — говорить коротко.

Докладываю коротко, по-военному:

— Мой муж сломал шейку бедра, теперь на мне никто не женится. Отремонтируйте мужа.

— Привезите его в приемный покой 31-й больницы. К вам подойдет врач Норайр Захарян. Постарайтесь быть до шести вечера. Телефон Норайра сброшу эсэмэской.

Голухов кладет трубку. Что рассусоливать? Все ясно.

Я еду к Наф-Нафу, хватаю мужа в охапку и перевожу его в Москву, в 31-ю больницу.

Наф-Наф счастлив за меня и за себя. Он не хочет со мной связываться. Писатель. Напишет еще что-нибудь.

Раньше больных с таким переломом отправляли домой на долеживание. Был даже такой термин: долеживание. Лежи, пока не умрешь. Именно это произошло с Лилей Брик. Она лежала, пока ей не надоело.

Наф-Наф дает мне «скорую помощь», каталку, санитаров и провожает до выхода.

Через полтора часа я уже в приемном покое 31-й больницы. Сюда же подкатила наша дочь. Она любит отца больше, чем меня, и больше всех на свете. Как говорится, папина дочка.

Мы звоним Норайру. Телефон заблокирован.

Мы с дочерью обмениваемся взглядами. В наших глазах ужас: а вдруг он не выйдет? Вдруг его не предупредили?

Мой муж лежит на каталке и смотрит в потолок. Последние два дня он ничего не ел. Ни крошки. Стресс полностью отшиб аппетит.

Я вижу, что его лицо стало меньше. В молодости он был худой, и все, кто его давно не видел, спрашивали: «Ты похудел?»

А он не похудел. Он такой и был — худой, обточенный, как деревяшка. Легко двигался. Когда-то играл в баскетбол. У него на всю жизнь осталась спортивная походка. Но что станет сейчас с его походкой?

Я смотрю на отрешенное, похудевшее лицо своего мужа, и в мое сердце входит игла жалости.

Мне становится стыдно за себя. Я, как чеховская попрыгунья, понимаю его настоящую цену.

Муж страдает не только от перелома, но и оттого, что принес дополнительные хлопоты. Его перелом ложится тяжким грузом на любимую дочь и жену.

Чувство вины — характерная черта интеллигентного человека.

Мне ничего для него не трудно и ничего не жаль: ни времени, ни денег, ни усилий. Только бы все обошлось и осталось позади. Надо вместе пройти этот тягостный отрезок пути.

Мне хочется обнять его, но какие объятия при переломе?

К моим глазам подступают слезы, но плакать нельзя. Он испугается. Я таращу глаза, чтобы остановить слезы, и в это время к нам подходит Норайр Захарян.

Я догадываюсь, что это он. Во-первых, армянин, во-вторых, приветливо улыбается, как знакомым людям.

Все лица скроены Создателем по одному образцу: лоб, брови, глаза, нос, рот. Тем не менее все лица разные. Разная музыка лица. Есть музыка Вивальди, а есть «Собачий вальс», а есть просто кулаком по клавишам — блям!

Глаза Норайра светятся умом и благородством. Значит, он — красавец. Музыка его лица исключительно армянская. Я влюбляюсь в него, как в свою надежду.

С Норайром разговаривает моя дочь. У них это лучше получается, они ближе по возрасту.

Иногда я влезаю с вопросами. Норайр вежливо отвечает, — кавказское уважение к старшим.

Мои вопросы: «Когда?» и «Сколько?».

Норайр отвечает: «Завтра, нисколько». Денег с меня не возьмут. Никаких. Ни копейки.

Я догадываюсь: это зрительская благодарность за «Джентльменов удачи». Фильм постоянно повторяют по телевизору. Он оказался живучий, как вирус.

На другой день утром была проведена операция по замене тазобедренного сустава. Поставили американский эндопротез высшего качества. Существуют наши, русские эндопротезы под названием «сиваш».

Такой «сиваш» ставили Сергею Владимировичу Михалкову после автомобильной аварии. Он с ним ходил какое-то время, потом ему заменили на немецкий. Значит, немецкие протезы лучше наших, как и машины.

После операции мой муж встал на другой день. Как посол в Корее. Но мой муж — не посол, и когда разговаривает — смотрит в глаза.

Вся эта история со счастливым концом произошла не в Швейцарии, а в Москве, на улице Лобачевского, дом 42.

Я велела дочери встретиться с Норайром и вручить гонорар. Деньги — эквивалент благодарности.

Она поехала в больницу. Норайр конверт не взял. Тогда моя дочь сунула конверт ему в карман и принялась убегать.

Норайр догнал ее уже на улице, стал возвращать конверт в ее сумку. Дело дошло до драки. Прохожие оборачивались. Что происходит? Молодой врач в белом халате и элегантная молодая женщина широко машут руками с напряженными, почти зверскими лицами.

Норайр победил. Деньги остались в сумке дочери, а Норайр скрылся в больнице и растворился в больничных коридорах. Точка.

Мне рассказали такую историю: приехала японская делегация, им показали наш 2-й часовой завод. Японцы смотрели, вежливо улыбались, качали головами.

Директор часового завода спросил: «Мы сильно от вас отстали?»

Японцы вежливо ответили: «Навсегда».

Не знаю, как с часами, но с медициной — большой прогресс. 31-я больница не хуже швейцарской клиники: те же белые палаты, те же золотые руки, тот же результат. Не знаю, как насчет музыки Вивальди, но наркоз тот же самый, спинальный. И никто не пылесосит твой кошелек. И Норайр — не хуже Верли. Он делает по четыре операции в день, и всякий раз «бьен алле».

Больше не надо ехать за границу, вылечат и здесь. У себя дома. Не надо отправляться в чужие края, в чужой язык, где тебя не понимают и с энтузиазмом залезают в твой карман.

Какое счастье, когда можно рассчитывать на свою страну. Какой покой...

Моя страна — это Норайр Захарян, Георгий Голухов, адвокат Кучерена, клиника Бакулева, издательство «Азбука». Список можно продолжить: Михаил Жванецкий, Эрнст Неизвестный, Юрий Норштейн и еще многие, многие...

Страна — это люди.

обыкновенный гений
очерк

Однажды я шла по дачному поселку и встретила драматурга Александра Хмелика. Он вез перед собой коляску с ребенком.

Сейчас этому ребенку больше сорока, стало быть, встреча случилась сорок лет назад.

Мы поздоровались.

— Над чем вы сейчас работаете? — вежливо спросила я.

— Ни над чем, — ответил Хмелик.

— Как это? — растерялась я. — Почему?

— Надоело, — просто объяснил Хмелик.

Александр Хмелик был успешным драматургом, его имя было на слуху. Я удивилась: как можно не работать, если у тебя получается? Если это надо людям, если люди ждут. И главное, это такое счастье: сидеть за столом и создавать свой мир. Ты создаешь из ничего —

нечто. Как бог. Только что — пустота, но ты бросаешь на бумагу слова, и уже прорисовывается твоя вселенная. У Гарсиа Маркеса — это Макондо, у Фазиля Искандера — Чегем.

— Почему? — переспросила я.

— Потому что талантам надоедает, а гениям нет, — объяснил Хмелик.

Он не метил в гении. Он считал себя талантом. А талантам — надоедает.

Мы разошлись, каждый в свою сторону. Хмелик повез коляску дальше и не отрываясь смотрел в крошечное личико любимой дочки.

Сейчас эта дочка — автор знаменитого фильма «Маленькая Вера», блестящий драматург.

Я запомнила эту встречу и эту фразу: «Талантам надоедает, а гениям — нет».

Прошло сорок лет. Мое поколение переместилось в третий возраст, а именно: от шестидесяти до девяноста.

Я наблюдаю: кто работает, а кому надоело.

Лев Николаевич Толстой свою лучшую повесть «Хаджи-Мурат» закончил в семьдесят шесть лет. Значит, Лев Николаевич — гений, сие уже установлено временем. Он жил до нашего рождения.

Хочется поговорить о тех, кто живет сегодня. С нами. Ходит рядом. Звонит по телефону. Мы слышим его голос. Видим в телевизоре его лицо. Ничего особенного. Обычное лицо. И голос обычный. А он — гений.

О ком речь?

Гия Данелия. Вообще-то он Георгий Николаевич, — это для сегодняшнего поколения. А для нас, его современников, — Гия.

Я познакомилась с ним в его тридцать шесть лет. Это был яркий, многопьющий, ранознаменитый грузин русского разлива. Он говорил о себе: «По количеству выпитого я выполнил норму маленького европейского городка». И это правда. Все волновались за его здоровье. Его чудесная мама плакала басом и говорила: «Я не хочу жить и ждать, когда он умрет». Но Гия пережил всех трезвенников. В августе ему исполнилось восемьдесят четыре года.

Он постоянно ставит перед собой задачи и выполняет их.

В шестьдесят лет он сказал себе: «Что может быть противнее пьяного старика?» И бросил пить. Раз и навсегда. Завязал.

Легко сказать: завязал. Это редко кому удается. А он победил практически неизлечимую болезнь.

В семьдесят семь лет ему захотелось сделать новую редакцию фильма «Кин-дза-дза!». Но не снимать же второй раз… Он решает сделать мультипликацию.

Время ужасное. Дикий капитализм. Денег не дают. Здоровья — никакого. Проблема с легкими, дышать нечем. Еле ходит, шаркает. Но он поставил задачу и упрямо идет к цели, шаркая, и знает: он не может умереть, пока не закончит свой фильм.

И он его снял. Но это не все. Он получил австралийского «Оскара». Жюри сочло, что это шедевр. Гия с блеском выполнил задачу.

Фильм снят. Теперь можно «вернуть Создателю его билет». Но жизнь продолжается. Данелия пишет третью книгу, она называется «Кот ушел, а улыбка осталась», и это не просто книга. Это бестселлер. За нее дерутся ведущие издательства. Когда читаешь его трилогию — «Безбилетный пассажир», «Тостуемый пьет до дна», «Кот ушел, а улыбка осталась», — кажется, что смотришь данелиевское кино.

Книга закончена, а умирать опять нельзя. Его любимая внучка Алена должна родить девочку. Надо дождаться, потому что опасно расстраивать Алену. Это плохо отразится на ребенке. Надо жить.

Я сказала ему по телефону, что хочу поздравить его с прошедшим днем рождения на страницах журнала и справедливо назвать его гением.

Он ответил:

— Не пиши «гений», это слишком прямо. Поставь многоточие.

Я не согласилась.

— Подумают, что за многоточием скрывается ненормативная лексика. Данелия — хрен моржовый.

— Да... действительно... — засомневался он.

Все будет сказано прямым текстом. Данелия не доживает, а именно живет, и его гениальность фонтанирует в пространство, как брызги моря над головой кита.

Гия, живи всегда. Такого, как ты, больше не будет.

P.S. Как-то я сказала ему:

— Ты многого добился, а богатым не стал.

— А я не ставил перед собой такую задачу. Если бы поставил — стал бы.

И это правда. Если бы он поставил себе такую задачу, стал бы богатым, и купил бы остров, и плавал бы вокруг скал. И звал бы в гости друзей.

Я представила себе тяжелую зеленоватую толщу воды, похожую на расплавленный изумруд, и нас, плывущих мимо скал, как большие рыбы.

за что я люблю олега митяева
очерк

1. За талант.

Талант — это самое интересное, что есть в человеке. Талантливый человек — как талантливая книга, ее интересно читать и перечитывать. А бездарную книгу просто отодвигаешь — и все.

В его стихах видны его комплексы. А комплексы — это не что иное, как работа и метания души. Видна душа Олега — искренняя, чистая и доверчивая, как у собаки.

2. За то, что он красивый.

Когда я увидела его в первый раз (это была телевизионная передача), в моей памяти тут же всплыли строчки: «Капитан, обветренный, как скалы, вышел в море, не дождавшись нас...»

В облике Олега Митяева есть нечто романтическое, мужественное...

Смотришь, и хочется счастья.

3. За то, что он щедрый.

В его доме за его столом всегда собираются гости, человек по тридцать-пятьдесят. Жарятся шашлыки, высятся бутылки отборных вин.

За столом — самые разнообразные люди. Возле меня — незнакомое лицо. Впоследствии выяснилось, что это строитель. Видимо, он строил дом Олега. За столом ликовало и радовалось содружество знаменитых: певцы, композиторы, эстрадные звезды.

— Вам нравятся эти люди? — спросил меня строитель.

— Несомненно, — отозвалась я.

— Хищники.

— Почему это?

— Они пробились и, значит, лезли по головам, жрали друг друга.

— Не обязательно, — возразила я.

Из своего литературного опыта (а я «пробилась» в двадцать шесть лет) я знаю, что существует единственный пропуск — талант. И случай. И больше ничего.

Может быть, в строительстве и в политике иные законы, иная технология. Может быть, хищники водятся в тех краях.

4. За то, что он умеет дружить.

Близкий друг Олега заболел фатальной болезнью и оказался у бездны на краю. Олег боролся за жизнь друга, как Мцыри с барсом, и отодвинул его от бездны. И друг жив. Работает. И даже влюбился в молодую девушку, и даже счастлив как никогда.

Олег сделал для друга больше, чем возможно. Все пошло в дело: имя, время, деньги, усилия.

Каждый мечтал бы о таком друге.

5. За то, что Олег умеет любить.

Он умеет взять ответственность за жизнь своей семьи — любимой женщины и детей. Олег — настоящий мужик. А это — самое главное.

Даша Митяева — прелестная дочка Олега — однажды прислала ему эсэмэску: «Папа, возвращайся скорее, а то без тебя огонек семейного счастья не зажигается».

Можно позавидовать его ближнему кругу: друзьям и семье.

Олег Митяев приехал из Челябинска и моментально оброс друзьями, среди которых артисты, космонавты, врачи — люди разных народов и разных профессий. К нему тянутся. Рядом с ним тепло и светло. Олег выстроил большой дом и поставил на участке большой стол. И все приходят и садятся — тот самый случай, когда «поднимем бокалы, сдвинем их разом» или «как здорово, что все мы здесь сегодня собрались...». В этих митяевских словах — какая-то магия. Казалось бы, что за фраза?.. Элементарно, как «в лесу родилась елочка, в лесу она росла»... Просто до примитивизма. И вот живет эта елочка — из года в год, из десятилетия в десятилетие. И митяевская строчка — такой же судьбы.

Многие пытаются вникнуть: в чем секрет популярности Митяева? Некоторые объясняют промежуточным положением между авторской песней и популярной музыкой. Однако зал слушает, не анализируя. Если нравится, если берет за душу — какая разница, к какому жанру это относится...

Я не люблю певцов, которые чешут струны и выкрикивают в зал что-то невнятное и ритмичное. Бедный зритель вежливо пережидает, когда они заткнутся и удалятся. А потом выйдет Олег Митяев и сообщит что-то глубокое и человеческое.

Все люди разные. У каждого — своя дискета в божественном компьютере. И в то же время в людях есть что-то общее — их человеческая природа. И если этот поэт искренне и честно рассказывает нам о себе, то это — о каждом из нас.

И еще я люблю Олега Митяева за то, что он любит меня.

Я — Скорпион. Скорпионов любить непросто. Но Олег говорит мне: «Ты себя не знаешь. Ты не знаешь, какая ты». И тогда я думаю: может быть, действительно я чего-то стою. И хочется жить.

содержание

Литературно-художественное издание

токарева
виктория самойловна
дома стоят дольше, чем люди

Редактор Д. Гурьянов

Художественный редактор О. Кириллова

Корректоры О. Левина, Т. Дмитриева

Технический редактор Л. Синицына

Компьютерная верстка Т. Коровенковой

В оформлении обложки использовано фото
© Shanti Shanti/shutterstock.com
Фото на задней стороне обложки из личного архива автора

ООО «Издательская Группа «Азбука-Аттикус» –
обладатель товарного знака «Азбука»
119334, Москва, 5-й Донской проезд, д. 15, стр. 4
Тел. (495) 933-76-01, факс (495) 933-76-19
E-mail: sales@atticus-group.ru

Филиал ООО «Издательская Группа «Азбука-Аттикус»
в г. Санкт-Петербурге
191123, Санкт-Петербург, Воскресенская набережная, д. 12, лит. А
Тел. (812) 327-04-55
E-mail: trade@azbooka.spb.ru

ЧП «Издательство «Махаон-Украина»
04073, Киев, Московский проспект, д. 6, 6-й этаж
Тел./факс (044) 490-99-01
e-mail: sale@machaon.kiev.ua

www.azbooka.ru; www.atticus-group.ru

Подписано в печать 27.07.2017
Формат 84×108 $^1/_{32}$. Бумага офсетная.
Гарнитура «Original Garamond»
Печать офсетная. Усл. печ. л. 12,48
Тираж 20 000 экз. B-TIG-21752-01-R. Заказ №3276/17.

Отпечатано в соответствии с предоставленными материалами
в ООО «ИПК Парето-Принт». 170546, Тверская область,
Промышленная зона Боровлево-1, комплекс № 3А
www.pareto-print.ru

ПО ВОПРОСАМ РАСПРОСТРАНЕНИЯ ОБРАЩАЙТЕСЬ:

В Москве:
ООО «Издательская Группа «Азбука-Аттикус»
Тел. (495) 933-76-01, факс (495) 933-76-19
E-mail: sales@atticus-group.ru

В Санкт-Петербурге:
Филиал ООО «Издательская Группа «Азбука-Аттикус»
в г. Санкт-Петербурге
Тел. (812) 327-04-55
E-mail: trade@azbooka.spb.ru

В Киеве:
ЧП «Издательство «Махаон-Украина»
Тел./факс (044) 490-99-01
e-mail: sale@machaon.kiev.ua

В Харькове:
ЧП «Издательство «Махаон»
Тел. (057) 315-15-64, 315-25-81
e-mail: machaon@machaon.kharkov.ua

www.azbooka.ru; www.atticus-group.ru